白魔女リンと3悪魔
スター・フェスティバル

成田良美／著
八神千歳／イラスト

★小学館ジュニア文庫★

白《しろ》魔女《まじょ》リンと3悪魔《あくま》 スター・フェスティバル

White Witch Rin & Three Devils

Contents《コンテンツ》

Characters《キャラクター》

天《あま》ヶ《が》瀬《せ》リン

13歳《さい》の誕生日《たんじょうび》に白魔女《しろまじょ》だと
気《き》づいた中学生《ちゅうがくせい》。
それと同時《どうじ》に3悪魔《あくま》と婚約《こんやく》することに!
趣味《しゅみ》は星占《ほしうらな》い、料理《りょうり》、
庭《にわ》のハーブの世話《せわ》、猫《ねこ》の世話《せわ》。
時《とき》の狭間《はざま》に生《う》まれたため、星座《せいざ》はない。

瓜《う》生《りゅう》御《み》影《かげ》

アイドル的《てき》な容姿《ようし》で、
優《やさ》しく朗《ほが》らかなクラスの人気者《にんきもの》。
だが本性《ほんしょう》はわがままでダーク。
嫉妬深《しっとぶか》く甘《あま》えん坊《ぼう》。
猫《ねこ》の時《とき》は、ルビー色《いろ》の眼《め》の黒猫《くろねこ》。
悪魔《あくま》の時《とき》は、炎《ほのお》を操《あやつ》る。

前《まえ》田《だ》虎《こ》鉄《てつ》

ワルで喧嘩《けんか》っぱやいが、
愛嬌《あいきょう》があり憎《にく》めない。
自由奔放《じゆうほんぽう》で気《き》まぐれな猫《ねこ》らしい性格《せいかく》。
猫《ねこ》の時《とき》は、タイガーアイの虎猫《とらねこ》。
悪魔《あくま》の時《とき》は、
風《かぜ》、竜巻《たつまき》を操《あやつ》る。

北《ほう》条《じょう》零《れい》士《じ》

成績《せいせき》は学年《がくねん》トップ、
入学式《にゅうがくしき》では新入生代表《しんにゅうせいだいひょう》の挨拶《あいさつ》をした。
クールな言葉《ことば》と態度《たいど》でリンを諭《さと》す優等生《ゆうとうせい》。
猫《ねこ》の時《とき》は、ブルーアイの白猫《しろねこ》。
悪魔《あくま》の時《とき》は、
氷《こおり》、凍結《とうけつ》、ブリザードを操《あやつ》る。

第《だい》1話《わ》

運《うん》命《めい》の赤《あか》い糸《いと》

1

昼下《ひるさ》がり、わたしは立《た》ち入《い》り禁止《きんし》の校舎《こうしゃ》の屋上《おくじょう》に敷物《しきもの》を敷《し》き、ゆったり座《すわ》ってくつろいでいる。

おいしいお弁当《べんとう》を食《た》べ終《お》わって、お腹《なか》いっぱい。

うららかな日光《にっこう》を浴《あ》びてひなたぼっこ。

水筒《すいとう》に入《い》れてきたアイスティーが冷《つめ》たくておいしい。

「いいお天気《てんき》だねぇ」

わたしは左横《ひだりよこ》にちょこんと座《すわ》っている女《おんな》の子《こ》の人形《にんぎょう》に話《はな》しかけた。

人形《にんぎょう》はかけているサングラスをくいっと上《あ》げて言《い》った。

「そうね。幽霊《ゆうれい》になって日光浴《にっこうよく》ができるなんて、思《おも》わなかったわぁ」

人形《にんぎょう》にとり憑《つ》いているのは時計塔《とけいとう》に棲《す》んでいる幽霊《ゆうれい》の蘭《らん》ちゃん、わたしの友達《ともだち》だ。

今日《きょう》の蘭《らん》ちゃんのファッションはピクニックルック。麦《むぎ》わら帽子《ぼうし》をかぶって、ギンガムチェックのチュニックシャツにショートパンツというでたちだ。

「アウトドアな幽霊《ゆうれい》っていうのも、なかなか乙《おつ》ね」

「ふふっ、ホントだね」

わたしの右横《みぎよこ》では、３匹《びき》の猫《ねこ》がお昼寝中《ひるねちゅう》。

黒猫《くろねこ》はわたしにぴったり寄《よ》りそって、白猫《しろねこ》はちょっと距離《きょり》を置《お》いたところできれいに丸《まる》くなっていて、虎猫《とらねこ》はのびのびと身体《からだ》をのばして、ぐっすりよく眠《ねむ》っている。

はうう……♡　かわいい〜、かわいすぎるぅ〜〜〜。

ここ最近《さいきん》、グールの出現《しゅつげん》がピタリとおさまって、御影君《みかげくん》たちが悪魔《あくま》の姿《すがた》になることがめっきり少《すく》なくなった。自然《しぜん》と、休《やす》み時間《じかん》は猫《ねこ》の姿《すがた》でくつろぐことが多《おお》くなっている。

この屋上《おくじょう》は虎鉄君《こてつくん》が見《み》つけた場所《ばしょ》で、出入《でい》り口《ぐち》のドアに鍵《かぎ》がかかっているので誰《だれ》も来《こ》ない。入《はい》れるのは魔法《まほう》を使《つか》えるわたしたちくらいで、日当《ひあ》たりも抜群《ばつぐん》だから、猫《ねこ》のお昼寝《ひるね》にはもってこいだ。

日《ひ》だまりで猫《ねこ》がお昼寝《ひるね》してる風景《ふうけい》って、いい。

平和《へいわ》〜って感《かん》じがする。

「ねえ、リン。聞《き》きたいことがあるんだけど」

「なぁに？」

まったりくつろぎながらアイスティーを飲《の》んでいると、蘭《らん》ちゃんが平和《へいわ》を乱《みだ》す爆弾《ばくだん》のような質《しつ》問《もん》を投《な》げてきた。

「ぶっちゃけ、３悪魔《あくま》の中《なか》で、誰《だれ》が一番好《いちばんこの》みなの？」

アイスティーを噴《ふ》き出《だ》しそうになった。

「……ど、どうして？」

「いや、ふつー気《き》になるでしょ。悪魔《あくま》の婚約者《こんやくしゃ》が３人《にん》いて、誰《だれ》かを選《えら》ばなきゃならないんでしょ？　本当《ほんとう》のところ、リンの好《この》みのタイプは誰《だれ》なのかな〜っと思《おも》って」

「……蘭《らん》ちゃんはあるの？　好《この》みのタイプ」

「もっちろん！　生《い》きてるときはほとんど病院《びょういん》にいたから、男《おとこ》の子《こ》と付《つ》き合《あ》えるとは思《おも》ってなかったけど、でも、好《この》みはしっかりあるわよ。わたしは断然《だんぜん》、年上《としうえ》！　優《やさ》しくて、頼《たよ》りがいのある人《ひと》がいいわ」

なるほど。蘭《らん》ちゃんはすごくしっかり者《もの》だから、頼《たよ》りたい相手《あいて》がいいとなると、自然《しぜん》と年上《としうえ》ということになるんだろう。

「で、リンはどうなの？」

「う……よく、わかんない……」

少女漫画《しょうじょまんが》に出《で》てくるイケメンキャラクター、ハルマ君《くん》が好《す》きだった時期《じき》もあったけど、13歳《さい》の誕生日《たんじょうび》を迎《むか》えた日《ひ》から、わたしには漫画《まんが》よりもハードな現実《げんじつ》がはじまった。

グールに襲《おそ》われて、悪魔《あくま》の3人《にん》にキスされて婚約《こんやく》。

いずれ3人《にん》のうち誰《だれ》かを選《えら》び、結婚《けっこん》することになっている。

「御影君《みかげくん》も、虎鉄君《こてつくん》も、零士君《れいじくん》も……3人《にん》とも素敵《すてき》だなぁって思《おも》うよ」

「そこのところ、くわしく聞《き》きたいわ。具体的《ぐたいてき》に、3悪魔《あくま》のいいなって思《おも》うところはどこなの？じゃあ、まず、黒《くろ》ニャンコは？」

3匹《びき》の猫《ねこ》をちらっと見《み》ると、みんなよく眠《ねむ》っている。

わたしは口《くち》ごもりながら思《おも》うことをのべた。

「御影君《みかげくん》は……まっすぐで、あったかいなって思《おも》う。グールからわたしを守《まも》るために、いつもそばにいてくれて……一緒《いっしょ》にいると安心《あんしん》する。それに、わたしのためにお料理《りょうり》を作《つく》ってくれたり、紅茶《こうちゃ》を淹《い》れてくれたり……すごく大事《だいじ》にしてくれるよ」

今日《きょう》のお弁当《べんとう》は御影君《みかげくん》のお手製《てせい》、猫《ねこ》のキャラ弁《べん》だった。おにぎりと海苔《のり》で黒猫《くろねこ》が作《つく》られていたり、ウインナーやミニトマトにチーズで猫耳《ねこみみ》がつけられていたりして、かなりの力作《りきさく》だ。

料理部《りょうりぶ》で練習《れんしゅう》したみたいで、朝早《あさはや》くからキッチンで作業《さぎょう》していた。わたしの好《す》きな紅茶《こうちゃ》の淹《い》れ方《かた》も、熱心《ねっしん》に研究《けんきゅう》している。

「じゃあ、虎《とら》ニャンコは？」

「虎鉄君《こてつくん》は……一緒《いっしょ》にいると、すごく楽《たの》しいよ。ハラハラしたりびっくりしたりすることも多《おお》いけど、ワクワクするような感動《かんどう》もいっぱいあって。知《し》らなかった景色《けしき》が見《み》られたり、おもしろい体験《たいけん》ができたり……わたしの世界《せかい》が広《ひろ》がるの」

箒《ほうき》で空《そら》を飛《と》ぶことだって、たぶんわたしひとりじゃできなかった。虎鉄君《こてつくん》がうまく誘導《ゆうどう》してくれたから、自然《しぜん》にできるようになった。

「白《しろ》ニャンコは？」

「零士君《れいじくん》は……すごく頼《たよ》りになるよ。魔女《まじょ》のこととか魔法《まほう》のこととか、わからないことがあっても零士君《れいじくん》に聞《き》けば大丈夫《だいじょうぶ》って思《おも》うし。わかりにくいことも、丁寧《ていねい》にわかるまで根気《こんき》よく教《おし》えてくれて、本当《ほんとう》に優《やさ》しいなって思《おも》う。紳士的《しんしてき》なところもいいなって思《おも》う」

隣《となり》の席《せき》だから勉強《べんきょう》を教《おし》えてくれたり、わたしがうっかり忘《わす》れていることをそれとなく指摘《してき》してくれたり、毎日《まいにち》とてもお世話《せわ》になっている。

ドアを開《あ》けてくれたり、椅子《いす》を引《ひ》いてくれたり、さりげないエスコートに感動《かんどう》することもしばしばだ。

わたしのしどろもどろの返答《へんとう》を聞《き》いて、蘭《らん》ちゃんはふむとうなずく。

「要《よう》するに、どっこいどっこい。大《たい》して差《さ》はないってことね」

寝《ね》ていた猫《ねこ》3匹《びき》が、突然《とつぜん》、がばっと起《お》き上《あ》がった。

そしてくわっと牙《きば》をむきながら蘭《らん》ちゃんに抗議《こうぎ》する。

「おいコラ幽霊《ゆうれい》！　勝手《かって》にまとめんニャー！」

「それで結論《けつろん》づけるには早《はや》すぎる。もっと情報《じょうほう》が必要《ひつよう》だ。そこはさらにくわしく、詳細《しょうさい》な意見《いけん》を求《もと》めるべきニャ！」

「そうニャ、もっとこう、ガッと突《つ》っこんで聞《き》けよ！　ガッと！」

ニャーニャーとがなる猫《ねこ》3匹《びき》に、蘭《らん》ちゃんは平然《へいぜん》と言《い》い返《かえ》す。

「充分《じゅうぶん》でしょ。わたしの結論《けつろん》は、客観的《きゃっかんてき》かつ、正《ただ》しいと思《おも》うわ」

わたしは顔《かお》を引《ひ》きつらせた。

「みんな……起《お》きてたの⁉　いまの……全部《ぜんぶ》聞《き》いてた……？」

キャーッ

3匹《びき》はこくりとうなずく。

「うん」「すべて」「ばっちりな」

ひゃ～！　は、恥《は》ずかしい～！

3匹《びき》がずいっとわたしにせまってきて、黒猫《くろねこ》が聞《き》いてきた。

「あのさ……現時点《げんじてん》で、リンの気持《きも》ちはどうなんだ？　俺《おれ》たちの中《なか》で、誰《だれ》が一番《いちばん》なんだ？」

えっ!?　そ、そんなの……わかんないよぉ～！

あわあわしていると、蘭《らん》ちゃんが言《い》い放《はな》った。

「コラ、3ニャンコ。しつこく追及《ついきゅう》しないの。女《おんな》の子《こ》はね、ビビッときたら、この人《ひと》だ！　って、迷《まよ》わず選《えら》べるものなの。リンがはっきり答《こた》えられないのは、まだ決《き》めきれていないってこと。あなたたちの魅力《みりょく》が足《た》りないからじゃないの？」

3匹《びき》は、うっ、と言葉《ことば》につまって黙《だま》りこんだ。

「えっと……なんか……ごめんなさい」

どよ～んとした空気《くうき》になってしまった。

わたしは空気《くうき》を変《か》えようと、ぽんと手《て》をたたいた。

「そうだ！　みんな、七夕《たなばた》の短冊《たんざく》、書《か》かない？」

かばんから色《いろ》とりどりの紙《かみ》をとり出《だ》し、みんなに見《み》せる。

ふつう短冊《たんざく》といえば長方形《ちょうほうけい》だけど、これは星《ほし》の形《かたち》。

蘭《らん》ちゃんが星《ほし》の短冊《たんざく》を両手《りょうて》で抱《かか》えて、

「へえ、これが七夕《たなばた》の短冊《たんざく》？　星《ほし》の形《かたち》なんて、めずらしいわね」

「わたしが作《つく》ったんだ。もうすぐ『スター・フェスティバル』があるから、それで使《つか》おうと思《おも》って」

「スター・フェスティバル？　って何《なに》？」

蘭《らん》ちゃんの質問《しつもん》に、白猫《しろねこ》の零士君《れいじくん》が答《こた》える。

「スター・フェスティバルは、7月《がつ》7日《か》に行《おこな》われる鳴星学園《めいせいがくえん》の創立祭《そうりつさい》だ。学園祭《がくえんさい》に匹敵《ひってき》する一大《いちだい》イベントで、部活《ぶかつ》ごとに笹飾《ささかざ》りを作《つく》り、店《みせ》を出《だ》すのが恒例《こうれい》らしい」

「わたし、スター・フェスティバルに参加《さんか》するのがすっごく楽《たの》しみだったの。子供《こども》の頃《ころ》にね、お母《かあ》さんと一緒《いっしょ》にスター・フェスティバルに遊《あそ》びに来《き》たことがあって」

3匹《びき》が耳《みみ》をぴんと立《た》てる。虎鉄君《こてつくん》が興味深《きょうみぶか》そうに、

「へえ、カルラと？」

「うん。笹飾《ささかざ》りがいっぱい並《なら》んでいて、風《かぜ》が吹《ふ》くと短冊《たんざく》がひらひらゆれるの。それがすごくきれ

いで。楽《たの》しいお店《みせ》もたくさんあって、そこにいるみんなが笑顔《えがお》だったの。本当《ほんとう》に、本当《ほんとう》に楽《たの》しかったから、今度《こんど》はわたしが、来《き》た人《ひと》たちを楽《たの》しませたいなぁって」

協力《きょうりょく》をお願《ねが》いする前《まえ》に、御影君《みかげくん》と零士君《れいじくん》がうなずいて言《い》った。

「わかった。リンがやりたいことなら、俺《おれ》たちも協力《きょうりょく》する」

「星占《ほしうらな》い部《ぶ》として、スター・フェスティバルをおおいに盛《も》りあげよう」

わ〜、すごく心強《こころづよ》いよ。

「ふつう笹《ささ》には、いろんな飾《かざ》りや短冊《たんざく》をつけるんだけど、星占《ほしうらな》い部《ぶ》の笹《ささ》には飾《かざ》りはつけないで、星《ほし》の短冊《たんざく》だけをいっぱいいっぱいつけて、天《あま》の川《がわ》みたいになったらステキだと思《おも》うんだ」

虎猫《とらねこ》がごろんと寝返《ねがえ》りを打《う》って言《い》った。

「なあ、短冊《たんざく》って何《なに》を書《か》くんだ？」

「自分《じぶん》の願《ねが》い事《ごと》だよ。できたら、短冊《たんざく》をたくさんつけたいから、星占《ほしうらな》いをしに来《き》た子《こ》たちに書《か》いてもらおうと思《おも》って……あ、みんなも書《か》く？」

星《ほし》の短冊《たんざく》をさし出《だ》そうとすると、白猫《しろねこ》の零士君《れいじくん》はすっと肉球《にくきゅう》で押《お》してこばんだ。

「いや、僕《ぼく》は結構《けっこう》。悪魔《あくま》は何《なに》かに願《ねが》いをかけることなどしない。頼《たの》みにするのは己《おのれ》の力《ちから》のみ……」

御影《みかげ》君《くん》は短冊《たんざく》を爪《つめ》に引《ひ》っかけてもちあげて、力《ちから》いっぱい宣言《せんげん》した。

「俺《おれ》は書《か》く！　『リンと結婚《けっこん》したい！』って！」

「……悪魔《あくま》としてのプライドはないのか？」

「何《なん》だろうとやれることはやっとくんだよ！　リンと結婚《けっこん》できるなら、プライドなんかいらねー」

御影《みかげ》君《くん》って……ホントにまっすぐで情熱的《じょうねつてき》。気持《きも》ちはうれしいけど、そんな短冊《たんざく》をみんなに見《み》られたら、すごい噂《うわさ》になっちゃいそう……。

そんなこと考《かんが》えていると、虎猫《とらねこ》の虎鉄《こてつ》君《くん》がわたしのそばに来《き》て言《い》った。

「リン、俺《おれ》も短冊《たんざく》1枚《まい》、もらっていいか？」

「もちろん。どうぞ」

星《ほし》の短冊《たんざく》を1枚《まい》さし出《だ》すと、虎鉄《こてつ》君《くん》は口《くち》でくわえて受《う》けとり、体《からだ》の下《した》へ敷《し》いてゴロンと寝転《ねころ》んだ。

零士《れいじ》君《くん》が意外《いがい》そうな目《め》で、虎鉄《こてつ》君《くん》を見《み》た。

「ほう……おまえもリンとの結婚《けっこん》を願《ねが》うのか？」

「いや？　結婚《けっこん》はやっぱ実力《じつりょく》で勝《か》ちとるもんだろ。誰《だれ》かさんみたいに、節操《せっそう》なく願《ねが》ってもな」

「うっせーよ！　ん？　っていうことはおまえ……リンと結婚《けっこん》することの他《ほか》に、願《ねが》い事《ごと》があるってことか？」

虎鉄君《こてつくん》は空《そら》を仰《あお》ぎ、ひげをそよがせながらつぶやいた。

「まぁな～。そうなったらいいなーとは思《おも》うけど、ならなくてもしょうがないっつーか……我《われ》ながら、くっだらねーっつーか……まぁ、そんな願《ねが》いだ」

御影君《みかげくん》が眉《まゆ》をひそめた。

「あ？　なに言《い》ってんだ？　ぜんぜんわからねえ」

「そりゃそーだろ。わかんねぇように言《い》ってんだから」

「……なんだよ、言《い》えよ」

「気《き》になるか？　ぜってー教《おし》えねー！」

「くっ……！　こんの～、力《ちから》づくで吐《は》かせてやる！」

「やるか～？　やれるもんなら、やってみな」

いきり立《た》つ御影君《みかげくん》を見《み》て、虎鉄君《こてつくん》は楽《たの》しげに笑《わら》っている。

零士君《れいじくん》が涼《すず》しい顔《かお》で言《い》った。

「御影《みかげ》、無駄《むだ》なことはやめておけ。最初《さいしょ》から虎鉄《こてつ》には言《い》うつもりがない。言《い》うつもりのないことを問《と》いつめても、痛《いた》めつけようが何《なに》をしようが、言《い》うことはしないだろう。虎鉄《こてつ》はそういう奴《やつ》だ」

「お〜、さすが頭脳明晰《ずのうめいせき》な零士《れいじ》クン。よくわかっていらっしゃる」

ますます楽《たの》しそうに虎鉄君《こてつくん》は笑《わら》った。

（え〜……なんだろう？　虎鉄君《こてつくん》の願《ねが》い事《ごと》って）

すっごい気《き》になる。

考《かんが》えても、予想《よそう》がつかない。

虎鉄君《こてつくん》は自由奔放《じゆうほんぽう》で、その行動《こうどう》も、考《かんが》えも、いつも予想《よそう》の斜《なな》め上《うえ》をいく。

だから願《ねが》い事《ごと》も、わたしには想像《そうぞう》できないことなのかもしれない。

「まぁ、俺《おれ》のことはどうでもいいじゃん。それより、リンの願《ねが》い事《ごと》はなんなんだ？」

「え？　わたし？」

問《と》われて、はたと考《かんが》えた。

スター・フェスティバルに参加《さんか》できることにうきうきしていて、自分《じぶん》は短冊《たんざく》に何《なに》を書《か》くか、肝心《かんじん》なことを考《かんが》えていなかった。

「星占《ほしうらな》い部《ぶ》でうまくアドバイスできますように、とか、白魔法《しろまほう》をたくさん使《つか》えるようになりたい、とかかなぁ？　細《こま》かいことはいろいろとあるけど……でもそれって、自分《じぶん》で努力《どりょく》してできるようにならなきゃいけないことのような気《き》がするし……」

思《おも》い浮《う》かばなくて、蘭《らん》ちゃんに話《はなし》をふった。

「蘭《らん》ちゃんは短冊《たんざく》になんて書《か》くの？」

「……え？」

蘭《らん》ちゃんは少《すこ》し笑《わら》いながらうつむいた。

「願《ねが》い事《ごと》かぁ……そうねぇ……『また生《い》きたい』って願《ねが》っても叶《かな》うわけないし――」

その笑顔《えがお》がほんの少《すこ》し曇《くも》った、そのときだった。

人形《にんぎょう》の蘭《らん》ちゃんから、黒《くろ》いもやがぶわっと噴《ふ》き出《だ》した。

「えっ!?」

黒《くろ》いもや――悪意《あくい》が空中《くうちゅう》で鋭利《えいり》な槍《やり》のようになって、わたしに向《む》かってきた。

それとほぼ同時《どうじ》に、猫《ねこ》3匹《びき》が、3悪魔《あくま》の姿《すがた》になって、わたしにふれる。

「炎《ほのお》よ！」

「風《かぜ》よ！」

「氷《こおり》よ！」

炎《ほのお》と、風《かぜ》と、氷《こおり》の攻撃《こうげき》で、悪意《あくい》の黒《くろ》い槍《やり》は空中《くうちゅう》で粉々《こなごな》に砕《くだ》け散《ち》った。

「ご……ごめんなさいっっっ！」

蘭《らん》ちゃんが悲鳴《ひめい》をあげるように言《い》いながら、わたしから離《はな》れて屋上《おくじょう》の隅《すみ》っこへ走《はし》っていった。

わたしはあわてて追《お》いかけて、うずくまる蘭《らん》ちゃんに言《い》う。

「蘭《らん》ちゃん、蘭《らん》ちゃんは悪《わる》くないよ？　謝《あやま》らなきゃいけないのはわたしの方《ほう》だよ。無神経《むしんけい》なこと聞《き》いちゃって……ごめんなさい」

学園《がくえん》に入学《にゅうがく》する直前《ちょくぜん》に病気《びょうき》で亡《な》くなり、未来《みらい》を断《た》たれてしまった蘭《らん》ちゃんに願《ねが》い事《ごと》を聞《き》くなんて。

命《いのち》を落《お》として3ヶ月《げつ》あまり……まだまだ生《い》きることに未練《みれん》があって当然《とうぜん》だ。

蘭《らん》ちゃんは膝《ひざ》を抱《かか》えて唇《くちびる》を噛《か》みしめた。

「どうしてこうなっちゃうの……？　ほんの一瞬《いっしゅん》、気持《きも》ちが落《お》ちこんだだけなのに……リンを恨《うら》んだりなんて、してないのに」

零士君《れいじくん》が答《こた》えた。

「それだけ、君《きみ》にかけられた呪《のろ》いの魔法《まほう》が強力《きょうりょく》だということだ。落《お》ちこみやいらだちや落胆《らくたん》など、わずかな負《ふ》の感情《かんじょう》を増大《ぞうだい》させて、強《つよ》い悪意《あくい》へと変化《へんか》させる——悪《あ》しき黒魔法《くろまほう》の一種《いっしゅ》だ」

幽霊《ゆうれい》の蘭《らん》ちゃんには、何者《なにもの》かによって魔法《まほう》がかけられている。その悪意《あくい》から生《う》まれた悪霊《あくりょう》グールがわたしに襲《おそ》いかかってきたこともあった。

顔《かお》をこわばらせる蘭《らん》ちゃんに、わたしは力《ちから》づけるように言《い》った。

「蘭《らん》ちゃんはぜんぜん悪《わる》くないんだからね？　だから自分《じぶん》を責《せ》めないで。ね？」

「でも、リンに何《なに》かあったら……わたし……」

蘭《らん》ちゃんの不安《ふあん》をはねのけるように、御影君《みかげくん》が言《い》った。

「おまえ、何言《なにい》ってんだ？　何《なに》があろうと、リンは大丈夫《だいじょうぶ》に決《き》まってるだろうが。いくらおまえが悪意《あくい》を放《はな》とうと、グールを何匹生《なんびきう》み出《だ》そうと、この俺《おれ》がリンを守《まも》ってるんだから！」

虎鉄君《こてつくん》が不敵《ふてき》に笑《わら》いながら、

「黒猫《くろねこ》だけじゃ、はっきり言《い》って力不足《ちからぶそく》だけどな。まあ、この俺《おれ》がついてるから、リンはバッチリ守《まも》れるさ」

「なにお〜？」

零士君《れいじくん》が腕組《うでぐ》みをしながら、

「力《ちから》と勢《いきお》いだけのおまえたちだけでは心《こころ》もとない。この僕《ぼく》がいるからこそ、リンは確実《かくじつ》に守《まも》られる」

3人《にん》が鋭《するど》く視線《しせん》をぶつけ合《あ》う。

争《あらそ》うように守《まも》る宣言《せんげん》をする3人《にん》に、蘭《らん》ちゃんはこわばっていた表情《ひょうじょう》をゆるませて笑《わら》った。

「ふふっ……そうね。悪魔《あくま》が3人《にん》も守《まも》ってるんだから、リンの護衛《ごえい》は完璧《かんぺき》よね」

「うん、鉄壁《てっぺき》だよっ」

わたしは蘭《らん》ちゃんのそばへ行《い》き、手《て》をさし出《だ》した。

「わたし、スター・フェスティバルまでに、短冊《たんざく》に書《か》く願《ねが》い事《ごと》を考《かんが》える。だから蘭《らん》ちゃんも、一《いっ》緒《しょ》に願《ねが》い事《ごと》、考《かんが》えよ」

「うん」

蘭《らん》ちゃんはわたしの手《て》に小《ちい》さな手《て》をちょこんと重《かさ》ねて、微笑《ほほえ》みながらうなずいた。

2

図書館《としょかん》で、零士君《れいじくん》が本《ほん》のページをめくりながら教《おし》えてくれた。

「竹《たけ》や笹《ささ》は冬《ふゆ》でも緑《みどり》を保《たも》ち、まっすぐに育《そだ》つ生命力《せいめいりょく》がある。ゆえに神聖《しんせい》な植物《しょくぶつ》とされ、七夕《たなばた》に利《り》用《よう》されるようになったらしい」

「へえ、だから笹《ささ》なんだぁ」

「七夕《たなばた》の夜《よる》、織姫《おりひめ》と彦星《ひこぼし》は『再会《さいかい》』という願《ねが》いを叶《かな》える。人々《ひとびと》は『ふたりのように願《ねが》いが叶《かな》うように』と、短冊《たんざく》に願《ねが》い事《ごと》を書《か》くことが風習《ふうしゅう》になった」

七夕《たなばた》という行事《ぎょうじ》には子供《こども》の頃《ころ》から親《した》しんでいるけど、なぜ笹《ささ》なのか、なぜ短冊《たんざく》に願《ねが》いを書《か》くのか、根本的《こんぽんてき》なことを意外《いがい》と知《し》らない。

それを知《し》りたくて、零士君《れいじくん》にお願《ねが》いして図書館《としょかん》までついてきてもらった。

「織姫《おりひめ》と彦星《ひこぼし》って、たしか星《ほし》にあったよね？」

「織姫《おりひめ》はベガ、彦星《ひこぼし》はアルタイルという。星座《せいざ》や宇宙《うちゅう》に関《かん》する本《ほん》は、こっちだ」

零士君《れいじくん》が歩《ある》きだし、わたしはその後《あと》についていく。

学園《がくえん》の図書館《としょかん》はものすごく広《ひろ》くて、本《ほん》の数《かず》もかなりのものだ。どこに何《なん》の本《ほん》があるのか、検索《けんさく》用《よう》のパソコンで検索《けんさく》したり、館内《かんない》の案内図《あんないず》を見《み》たりしないとわからない。

でも、検索機能《けんさくきのう》も案内図《あんないず》も零士君《れいじくん》の頭《あたま》の中《なか》に入《はい》っているみたいで、目的《もくてき》の本《ほん》がある場所《ばしょ》までスムーズに案内《あんない》してくれる。

「すごいねぇ。零士君《れいじくん》、図書館《としょかん》の司書《ししょ》さんみたい」

「ここにはよく来《き》ているから、自然《しぜん》と覚《おぼ》えた」

「零士君《れいじくん》はいつも本《ほん》を読《よ》んでるよね。どんな本《ほん》を読《よ》んでるの？」

「あらゆる分野《ぶんや》の本《ほん》を読《よ》むように心《こころ》がけている。実用書《じつようしょ》、学術書《がくじゅつしょ》など知識《ちしき》になりそうなものは何《なん》でも読《よ》む。幅広《はばひろ》い知識《ちしき》を得《え》たいから」

わぁ、難《むずか》しそうな本《ほん》ばかり。さすが零士君《れいじくん》。

「しかし好《この》んで読《よ》んでいるのは、物語《ものがたり》や小説《しょうせつ》だ。童話《どうわ》や昔話《むかしばなし》、探偵小説《たんていしょうせつ》や時代小説《じだいしょうせつ》など、味《あじ》わいがあっておもしろい」

へえ、とわたしは思《おも》わず声《こえ》をあげた。

「小説《しょうせつ》が好《す》きだなんて、ちょっと意外《いがい》かも」

「僕《ぼく》は、人間《にんげん》の感情《かんじょう》というものに関心《かんしん》をもっている。小説《しょうせつ》は人《ひと》の心《こころ》の動《うご》きが繊細《せんさい》に書《か》かれているものが多《おお》く、実《じつ》に興味深《きょうみぶか》い」

なるほど。

本《ほん》って、人生《じんせい》の勉強《べんきょう》になるっていうし、そもそも人《ひと》が書《か》いたもの。人間《にんげん》についての勉強《べんきょう》にはもってこいなのかもしれない。

「何《なに》か、おススメの小説《しょうせつ》はある？」

「君《きみ》も小説《しょうせつ》を読《よ》むのか？」

「ふだんはあまり読《よ》まないんだけど、零士君《れいじくん》が好《す》きな本《ほん》なら、わたしも読《よ》んでみたいなぁと思《おも》って」

　すると、なぜか零士君《れいじくん》が顔《かお》をそらし、口元《くちもと》を隠《かく》すように押《お》さえた。

　わたしは首《くび》をかしげた。

「零士君《れいじくん》？　どうかした？」

「いや……驚《おどろ》いたんだ。君《きみ》が僕《ぼく》に興味《きょうみ》をもってくれることが、これほどうれしいのだと……」

　青《あお》い瞳《ひとみ》がこちらを向《む》いて、ドキリとした。

　澄《す》んでいる瞳《ひとみ》でわたしを見《み》つめながら、零士君《れいじくん》はささやくように言《い》う。

「基本的《きほんてき》に、僕《ぼく》は願《ねが》い事《ごと》などしない主義《しゅぎ》だ。何事《なにごと》も努力《どりょく》して、自分《じぶん》の力《ちから》でつかみとるものだと思《おも》っているから。でも――」

　青《あお》い瞳《ひとみ》がさらに深《ふか》く見《み》つめてきた。

「君《きみ》の願《ねが》い事《ごと》が、僕《ぼく》に叶《かな》えられることだといい……そう思《おも》う」

　零士君《れいじくん》の手《て》がわたしの髪《かみ》にふれてきて、そのまま、そっと優《やさ》しく抱《だ》き寄《よ》せられた。

　身体《からだ》が凍《こお》りついたみたいに動《うご》かない。

　なのに心臓《しんぞう》だけがバクバクして、全身《ぜんしん》の熱《ねつ》が上《あ》がっていく。

　そのとき、視線《しせん》のはしで、誰《だれ》かが本棚《ほんだな》と本棚《ほんだな》の間《あいだ》を通《とお》るのが見《み》えた。

ここは図書館《としょかん》で、他《ほか》の生徒《せいと》たちも利用《りよう》する。

零士君《れいじくん》は我《われ》に返《かえ》ったようにすっと身《み》を引《ひ》いた。

「……失礼《しつれい》」

零士君《れいじくん》はグールと戦《たたか》うときでさえ、めったに表情《ひょうじょう》を動《うご》かさない。そんな零士君《れいじくん》がこんなふうに感情《かんじょう》を見《み》せるなんて……いつもクールなだけに、秘《ひ》められた想《おも》いを感《かん》じてドキドキした。

「……ごめんなさい」

ぽつりと謝《あやま》ると、零士君《れいじくん》が目《め》を細《ほそ》めてわたしを見《み》た。

「なぜ謝《あやま》る？」

「だって……みんな、わたしの答《こた》えを待《ま》ってるのに……はっきり答《こた》えられなくて……優柔不断《ゆうじゅうふだん》で、ごめんなさい」

3人《にん》の言葉《ことば》や行動《こうどう》から、強《つよ》い気持《きも》ちを感《かん》じる。

それにちゃんと答《こた》えられなくて、本当《ほんとう》に申《もう》し訳《わけ》ない気持《きも》ちでいっぱいだ。

うなだれていると、零士君《れいじくん》が静《しず》かに言《い》った。

「謝罪《しゃざい》は不要《ふよう》だ。僕《ぼく》は君《きみ》に謝《あやま》ってほしいわけじゃない。御影《みかげ》も虎鉄《こてつ》も同《おな》じだろう」

「でも……」

「あの幽霊《ゆうれい》の言《い》うとおりだ。君《きみ》が迷《まよ》い、はっきり答《こた》えられないのは、まだ心《こころ》が定《さだ》まっていないということ。定《さだ》まらないことを無理《むり》に答《こた》える必要《ひつよう》はない。たしかな答《こた》えが出《で》たとき、それを告《つ》げてくれればいい。偽《いつわ》りのない心《こころ》で。それが僕《ぼく》らの望《のぞ》みだ」

「時間《じかん》がかかるかもしれないけど……いいの？」

「はやる気持《きも》ちがないわけではないが――現状《げんじょう》、黒魔女《くろまじょ》のことは解決《かいけつ》していないし、いぜんとしてグールが襲撃《しゅうげき》してくる可能性《かのうせい》もなくなってはいない。君《きみ》を守《まも》るには、３人《にん》の悪魔《あくま》の力《ちから》が必要《ひつよう》だ」

「零士君《れいじくん》は、御影君《みかげくん》と虎鉄君《こてつくん》のこと、すごく頼《たよ》りにしてるんだね」

「いないよりは、ましだ」

零士君《れいじくん》らしい言《い》い方《かた》に、わたしは思《おも》わずくすっと笑《わら》った。

「黒魔女《くろまじょ》は手強《てごわ》い相手《あいて》だ。おそらくすべてを解決《かいけつ》するには、まだしばらく時間《じかん》がかかるだろう。だから君《きみ》は急《いそ》がず、あせらず、時間《じかん》をかけて結婚相手《けっこんあいて》を考《かんが》えてくれればいい」

「……はい」

まだまだ答《こた》えは出《で》そうにないけれど。

ちゃんと考《かんが》えて、いつか必《かなら》ず答《こた》えを出《だ》そう――そう思《おも》った。

3

放課後《ほうかご》、校内放送《こうないほうそう》が流《なが》れた。

《生徒会《せいとかい》よりお知《し》らせです。スター・フェスティバルに使用《しよう》する笹《ささ》を、本日《ほんじつ》これより配布《はいふ》いたします。各部《かくぶ》の代表《だいひょう》は、校門《こうもん》までとりに来《き》てください》

わたしはさっそく、御影君《みかげくん》たち３人《にん》と一緒《いっしょ》に、校門《こうもん》へ向《む》かった。

校門《こうもん》の近《ちか》くにたくさんの笹《ささ》が並《なら》べられ、各部《かくぶ》の生徒《せいと》たちが群《むら》がっている。

笹《ささ》を配《くば》っている係《かかり》の人《ひと》の中《なか》に、わたしは知《し》っている人《ひと》を見《み》つけた。

ボサボサの髪《かみ》で、眼鏡《めがね》をかけ、白衣《はくい》を着《き》た担任《たんにん》の先生《せんせい》だ。

「地岡先生《ちおかせんせい》！」

「やあ、天ケ瀬《あまがせ》さん」

先生《せんせい》はわたしを見《み》ると、にこにこと笑《わら》いながら迎《むか》えてくれた。

「瓜生君《うりゅうくん》、前田君《まえだくん》、北条君《ほうじょうくん》も一緒《いっしょ》ってことは、星占《ほしうらな》い部《ぶ》の笹《ささ》ですね？」

「はい。……あれ？　先生《せんせい》、わたしたちが星占《ほしうらな》い部《ぶ》ってご存《ぞん》じなんですか？」

「もちろんです。実《じっ》は僕《ぼく》、星占《ほしうらな》い部《ぶ》の顧問《こもん》になりまして」

「え？」

「生徒会長《せいとかいちょう》の神無月《かんなづき》さんに言《い》われたんですよ。星占《ほしうらな》い部《ぶ》の顧問《こもん》がいないから、なってくれないかって」

そういえば最初《さいしょ》に星占《ほしうらな》い部《ぶ》を作《つく》りたいと生徒会長《せいとかいちょう》の部屋《へや》へ行《い》ったとき、顧問《こもん》の先生《せんせい》が必要《ひつよう》だとちらっと聞《き》いた気《き》がする。

わたしは恐縮《きょうしゅく》しながら、先生《せんせい》に頭《あたま》を下《さ》げた。

「すみません、知《し》らなくて……ご挨拶《あいさつ》もしないで……迷惑《めいわく》じゃありませんか？」

「いえいえ。迷惑《めいわく》だなんて、とんでもない。僕《ぼく》はこの『縁《えん》』を心《こころ》から喜《よろこ》んでますよ」

「えん……？」

「この世界《せかい》には、わんさか人《ひと》がいます、それこそ星《ほし》の数《かず》ほどに。町《まち》を歩《ある》くと見渡《みわた》すかぎり人《ひと》、人《ひと》、人《ひと》。でも、その多《おお》くは他人《たにん》で、顔《かお》も名前《なまえ》も知《し》らずにすれ違《ちが》って終《お》わってしまいます。でも、こうして同《おな》じ学園《がくえん》に通《かよ》い、同《おな》じクラスの担任《たんにん》と生徒《せいと》になって、さらに一緒《いっしょ》に部活動《ぶかつどう》をする機会《きかい》に恵《めぐ》まれて、縁《えん》あってつながることができました」

先生《せんせい》は丸《まる》いレンズの眼鏡《めがね》をくいっと上《あ》げて、のんびりした口調《くちょう》で話《はな》す。

「僕《ぼく》、人《ひと》と人《ひと》のつながりはとても大切《たいせつ》なものだと思《おも》うんです。君《きみ》たちが学園《がくえん》に通《かよ》ってる間《あいだ》だけのつながりかもしれませんが、僕《ぼく》はこの縁《えん》を大切《たいせつ》にして、もっと仲良《なかよ》くなれたらいいなぁっと思《おも》っているんですよ、はい」

人《ひと》と人《ひと》をつなぐ縁《えん》。

あまり考《かんが》えたことがなかったけど、たしかに大事《だいじ》なものかも。

先生《せんせい》はハッとして、あわてたように言《い》った。

「あぁ、すみません。つい、語《かた》ってしまって……退屈《たいくつ》ですよね？　こんな話《はなし》」

「いいえ、ぜんぜん。とてもステキなお話《はなし》だと思《おも》いました」

「そうですかぁ？　いや〜、ステキだなんて言《い》ってもらえて、うれしいなぁ〜〜〜」

先生《せんせい》は指《ゆび》をもじもじさせながら、照《て》れくさそうに笑《わら》った。

「顧問《こもん》といっても星占《ほしうらな》いのことはぜんぜんわからないので、指導《しどう》も何《なに》もできませんけど。相談事《そうだんごと》などあったら、いつでも言《い》ってくださいね。協力《きょうりょく》しますから」

いい先生《せんせい》に顧問《こもん》になってもらえて、本当《ほんとう》によかった。

わたしは心《こころ》から頭《あたま》を下《さ》げた。

「ありがとうございます。先生《せんせい》、星占《ほしうらな》い部《ぶ》の顧問《こもん》、よろしくお願《ねが》いします」

「こちらこそ、どうぞよろしく」

先生《せんせい》とお互《たが》いに頭《あたま》を下《さ》げ合《あ》って、笑《わら》い合《あ》う。

すると、御影君《みかげくん》がずいっと前《まえ》に出《で》てきた。

「――で、先生《せんせい》、星占《ほしうらな》い部《ぶ》の笹《ささ》はどれだ？」

「あぁ、はいはい。星占《ほしうらな》い部《ぶ》の笹《ささ》は、えっと……あれですね」

先生《せんせい》が指差《ゆびさ》した笹《ささ》を見《み》て、絶句《ぜっく》してしまった。

高《たか》さはわたしの背丈《せたけ》ほどしかない。枝《えだ》も少《すく》なくて、ひょろっとしている。

細《ほそ》く頼《たよ》りないその笹《ささ》を、虎鉄君《こてつくん》は一言《ひとこと》で表現《ひょうげん》した。

「しょぼい」

短冊《たんざく》をつけたら曲《ま》がってしまいそうな、しょんぼりとした笹《ささ》だった。

「あの……先生《せんせい》、笹《ささ》は選《えら》べないんですか？」

「笹《ささ》は大小《だいしょう》いろいろあるんですけど、部《ぶ》の規模《きぼ》に比例《ひれい》しているみたいで。人数《にんずう》の多《おお》い部《ぶ》や、大会《たいかい》やコンクールなどで良《よ》い成績《せいせき》をおさめている部《ぶ》には、大《おお》きく立派《りっぱ》な笹《ささ》が配《くば》られるんです」

星占《ほしうらな》い部《ぶ》の部員《ぶいん》は、わたしと御影君《みかげくん》たち３人《にん》。

蘭《らん》ちゃんは文字通《もじどお》り幽霊部員《ゆうれいぶいん》なので、頭数《あたまかず》には入《はい》っていなくて、実質《じっしつ》４人《にん》となっている。

成績《せいせき》とか活動《かつどう》の成果《せいか》とか、とりたてて言《い》えるようなものもない。

(短冊《たんざく》、いっぱいつけたかったんだけどなぁ……)

この笹《ささ》では、ちょっと無理《むり》そうだ。

「おい、先生《せんせい》。もっといい笹《ささ》はないのかよ？」

わたしの気持《きも》ちを察《さっ》してか、御影君《みかげくん》が先生《せんせい》に言《い》った。

先生《せんせい》は申《もう》し訳《わけ》なさそうに頭《あたま》をかいた。

「すみません……笹《ささ》の割《わ》りふりは、生徒会執行部《せいとかいしっこうぶ》がやっているので……僕《ぼく》の力《ちから》ではなんとも……すみません、無力《むりょく》な顧問《こもん》で」

零士君《れいじくん》が先生《せんせい》に言《い》う。

「笹《ささ》の割《わ》りふりの権限《けんげん》をもっているのは、生徒会《せいとかい》なんですね？　では生徒会《せいとかい》に言《い》えば、笹《ささ》の交換《こうかん》に応《おう》じてもらえるのでは？」

「あぁ！　そうですね。生徒会長《せいとかいちょう》に言《い》えば、なんとかしてくれるかもしれません」

この学園《がくえん》の生徒会長《せいとかいちょう》は、神無月綺羅《かんなづききら》さんという。

綺羅《きら》さんとはこの前《まえ》テレビ局《きょく》で会《あ》って、モデル体験《たいけん》をさせてもらったり、ミス＝セレナと会《あ》えるように取《と》り次《つ》いでもらったり、とてもお世話《せわ》になった。

あれ以来《いらい》……黒魔女《くろまじょ》が現《あらわ》れた場所《ばしょ》で偶然《ぐうぜん》、綺羅《きら》さんを見《み》かけてそれ以来《いらい》、会《あ》っていない。

黒魔女《くろまじょ》との対戦《たいせん》は、テレビ局《きょく》のビルが炎上《えんじょう》していたのに被害《ひがい》がゼロ、摩訶不思議《まかふしぎ》な事件《じけん》が起《お》きたとニュースにもなった。

（大騒《おおさわ》ぎになったけど……綺羅《きら》さん、大丈夫《だいじょうぶ》だったのかな？）

そう思《おも》っていたとき、明《あか》るい声《こえ》が飛《と》んできた。

「やっほ～！　リンリーン！」

同《おな》じ小学校《しょうがっこう》に通《かよ》っていた青山《あおやま》かずみちゃんが、大《おお》きく手《て》をふりながらやってきた。

「あれ、それ、星占《ほしうらな》い部《ぶ》の笹《ささ》？」

「うん」

かずみちゃんも虎鉄君《こてつくん》と同様《どうよう》、感想《かんそう》は直球《ちょっきゅう》だった。

「ちっさ！」

「星占《ほしうらな》い部《ぶ》は部員《ぶいん》が少《すく》ないから、小《ちい》さい笹《ささ》になっちゃったみたいで……」

小《ちい》さく溜息《ためいき》をつくと、かずみちゃんがさらっと言《い》った。

「笹《ささ》なら、うちの山《やま》にいっぱい生《は》えてるよ」

かずみちゃんの家《いえ》は先祖代々《せんぞだいだい》、星ヶ丘町《ほしがおかちょう》に住《す》んでいて、町《まち》の各所《かくしょ》に青山家所有《あおやまけしょゆう》の土地《とち》があるらしい。自宅裏《じたくうら》にある山《やま》はおじいさんが所有《しょゆう》していて、そこには笹《ささ》が自生《じせい》していた。

「わあ……！」

わたしは思《おも》わず歓声《かんせい》をあげた。

見上《みあ》げるほど大《おお》きく立派《りっぱ》な笹《ささ》が、数《かぞ》えきれないほど生《は》えている。

「どれでも好《す》きなの持《も》っていっていいよ」

かずみちゃんの言葉《ことば》にありがたく甘《あま》えることにした。

笹《ささ》の林《はやし》の中《なか》をどれにしようか迷《まよ》いながら歩《ある》いていると、一本《いっぽん》の笹《ささ》が目《め》にとまった。

ひときわ背《せ》が高《たか》く、まっすぐ、力強《ちからづよ》く、天《てん》に向《む》かってのびている。

星空《ほしぞら》に届《とど》きそうな勢《いきお》いを感《かん》じた。

「この笹《ささ》、どうかな？」

そばにいた御影君《みかげくん》に聞《き》くと、

「リンが気《き》に入《い》った笹《ささ》にすればいい」

その意見《いけん》に、虎鉄君《こてつくん》と零士君《れいじくん》も同意《どうい》してくれた。

さっそく、かずみちゃんが貸《か》してくれたのこぎりで、御影君《みかげくん》たちは笹《ささ》を切《き》りはじめる。

わたしはかずみちゃんと、少《すこ》し離《はな》れた場所《ばしょ》でその作業《さぎょう》を見《み》ながら待《ま》つことにした。

「ハア……」

ふいに溜息《ためいき》が聞《き》こえた。いつも元気《げんき》いっぱいなかずみちゃんがしゃがんで、黙《だま》って、溜息《ためいき》をつくなんて、すごくめずらしい。

どうしたんだろう？

「あの……かずみちゃん、短冊《たんざく》にお願《ねが》い事《ごと》、書《か》いた？」

「ううん、まだ」

学園《がくえん》に入学《にゅうがく》してから、かずみちゃんの願《ねが》い事《ごと》はただひとつ。

当然《とうぜん》、それを書《か》いたのだと思《おも》っていた。

「彼氏《かれし》が欲《ほ》しいってこと……書《か》かないの？」

かずみちゃんは頬《ほお》づえをつきながらぽつりぽつりと語《かた》った。

「なんかさ、お願《ねが》いしても叶《かな》わない気《き》がして……もう、ぜんぜん彼氏《かれし》ができなくてさ。この人《ひと》だ！　って思《おも》って告白《こくはく》しても、もう彼女《かのじょ》がいたり、断《ことわ》られたり……こんなにフラれつづけると、さすがにへこんできちゃって」

かずみちゃんは笑《わら》おうとしながら、でも笑《わら》いきれずに深《ふか》い溜息《ためいき》をつく。

「やっぱり、あたしに魅力《みりょく》がないのかな……？」

「そんなことないよ！」

わたしは両拳《りょうこぶし》を握《にぎ》りしめて、声《こえ》を大《だい》にして言《い》った。

「かずみちゃんはすごく魅力的《みりょくてき》だよ！　わたし、かずみちゃんのこと、いつもすごいなぁって思《おも》って……！　だって、友達《ともだち》がたくさんいるし……おしゃべりもおもしろいし……かずみちゃんといると、楽《たの》しいし！」

「そ？　ありがと、なぐさめてくれて」

かずみちゃんは力《ちから》なく笑《わら》う。

(違《ちが》うよ、なぐさめなんかじゃない)

かずみちゃんが魅力的《みりょくてき》なのは本当《ほんとう》のことだよ。

それをなんとか伝《つた》えたくて、わたしは懸命《けんめい》に言葉《ことば》を探《さが》した。

「……まだ、出会《であ》ってないだけだよ」

「え？」

「世界《せかい》には星《ほし》の数《かず》ほどにたくさん人《ひと》がいて、顔《かお》も名前《なまえ》も知《し》らない人《ひと》ばかりで……たくさんいるから、彼氏《かれし》になる人《ひと》と出会《であ》うのって、すごく難《むずか》しいことで……」

先生《せんせい》の話《はなし》を思《おも》い出《だ》しながら、わたしはかずみちゃんにうったえた。

「でも絶対《ぜったい》にいるよ、かずみちゃんとお付《つ》き合《あ》いしたいっていう人《ひと》。かずみちゃんのこと、大好《だいす》きだって言《い》ってくれる人《ひと》。まだその人《ひと》と出会《であ》ってないだけだよ。だから……あきらめないで探《さが》そ？」

かずみちゃんはじっと考《かんが》えながらつぶやいた。

「まだ、出会《であ》ってないだけ……か」

そしてわたしを見《み》つめ、ふわっと笑《わら》った。

「なんか不思議《ふしぎ》……リンリンに言《い》われると、そうかもって思《おも》っちゃうね」

うずくまっていたかずみちゃんが力強《ちからづよ》く立《た》ちあがった。

「そうだね！　へこたれてても彼氏《かれし》は現《あらわ》れない、こっちが探《さが》して見《み》つけないと、だね！」

よかった。かずみちゃん、元気《げんき》をとり戻《もど》したみたいだ。

「ねえ、星占《ほしうらな》い部《ぶ》の笹《ささ》に、短冊《たんざく》つけていいかな？」

「もちろん！　大歓迎《だいかんげい》だよ」

わたしはかばんから星《ほし》の短冊《たんざく》を出《だ》した。

「これ、使《つか》って。星占《ほしうらな》い部《ぶ》の短冊《たんざく》だよ」

「ありがと。よぉ～っし！」

かずみちゃんは気合《きあ》いを入《い》れて、短冊《たんざく》に油性《ゆせい》ペンで大《おお》きく願《ねが》い事《ごと》を書《か》いた。

「あたしの願《ねが》い事《ごと》は……じゃん！　『運命《うんめい》の赤《あか》い糸《いと》の相手《あいて》と出会《であ》えますように！』だよっ」

「え？　運命《うんめい》の赤《あか》い糸《いと》……？」

「うん。鳴星学園《めいせいがくえん》七不思議《ななふしぎ》のひとつ、『運命《うんめい》の赤《あか》い糸《いと》』だよ。運命《うんめい》で結《むす》ばれている男女《だんじょ》は、生《う》まれたときからお互《たが》いの小指《こゆび》と小指《こゆび》が見《み》えない赤《あか》い糸《いと》で結《むす》ばれてるんだって。その人《ひと》と結婚《けっこん》すると、幸《しあわ》せになれるんだって」

笹《ささ》を切《き》っていた御影君《みかげくん》がぴくりと反応《はんのう》し、身体《からだ》をのりだしてきた。

「結婚《けっこん》？　それ、本当《ほんとう》か？」

「そういう噂《うわさ》だよ。最近《さいきん》、この学園《がくえん》で赤《あか》い糸《いと》を見《み》たって子《こ》が何人《なんにん》もいるんだよ」

わたしは目《め》をぱちくりとした。

「赤《あか》い糸《いと》って……見《み》えるの？　見《み》えない糸《いと》なんじゃないの？」

「最近《さいきん》は見《み》えるらしいよ。隣《となり》のクラスの女《おんな》の子《こ》の話《はなし》なんだけどね、ある日突然《ひとつぜん》、自分《じぶん》の小指《こゆび》に赤《あか》い糸《いと》が結《むす》ばれているのが見《み》えて、その糸《いと》をたどっていったら、運命《うんめい》の人《ひと》の小指《こゆび》につながってたんだって。それでその人《ひと》と付《つ》き合《あ》うことになって、いまラブラブなんだって。あ〜、うらやましい〜！」

へえ……赤《あか》い糸《いと》って、見《み》えるんだ。

いままでの学園七不思議《がくえんななふしぎ》って怖《こわ》い話《はなし》ばかりだったけど、これはちょっとステキかも。

「リン、終《お》わったぞー」

笹《ささ》を切《き》り終《お》えた虎鉄君《こてつくん》に呼《よ》ばれて、笹《ささ》を見《み》たわたしは顔《かお》をほころばせた。

うん……やっぱりすごくいい笹《ささ》だよ。

これなら、立派《りっぱ》な笹飾《ささかざ》りができそうだ。

「みんな、ありがとう。かずみちゃんにも、何《なに》かお礼《れい》しないとね」

「やだなぁ、お礼《れい》なんて水《みず》くさい！　あたしたち、友達《ともだち》じゃん」

「友達《ともだち》……？」

かずみちゃんがきょとんとした。

「友達《ともだち》でしょ？　リンリンにはいつも相性占《あいしょううらな》いしてもらってるし」

そっか……いつのまにか友達《ともだち》になってることもあるんだね。

じんわりうれしさが胸《むね》に広《ひろ》がって、笑《え》みがこぼれた。

「そうだね。かずみちゃん、短冊《たんざく》、よかったらつけて。一番《いちばん》にどうぞ」

「やった〜！　ありがと！」

かずみちゃんは笹《ささ》の一番《いちばん》てっぺんに短冊《たんざく》を結《むす》びつけた。

「あ、そういえばこの笹《ささ》、めちゃめちゃ大《おお》きいけど、どうやって学園《がくえん》まで運《はこ》ぶ？」

「それは俺《おれ》らでやるから。な？」

虎鉄君《こてつくん》がわたしにウインクする。

わたしはうなずいて、

「運《はこ》ぶのはわたしたちでやるから。かずみちゃん、本当《ほんとう》にありがとう」

「どういたしまして！　じゃ、また学園《がくえん》でね～！」

かずみちゃんが去《さ》ると、虎鉄君《こてつくん》が手《て》をさし出《だ》してきた。

「じゃあ、笹《ささ》を運《はこ》ぶぞ。リン」

その手《て》を、御影君《みかげくん》がさえぎった。

「ちょっと待《ま》て！　俺《おれ》がやる！」

「御影《みかげ》、おまえの魔力《まりょく》の特性《とくせい》は？」

「え？　……炎《ほのお》」

「俺《おれ》は風《かぜ》で、零士《れいじ》は冷気《れいき》。ものを運《はこ》ぶのにもっとも適《てき》した能力《のうりょく》はなんだ？　そう、風《かぜ》だ！」

零士君《れいじくん》は息《いき》をついて、御影君《みかげくん》に言《い》った。

「適材適所《てきざいてきしょ》だ。虎鉄《こてつ》にまかせよう」

「でもよ……」

「リンはちゃんと俺《おれ》が家《いえ》まで送《おく》り届《とど》けっから。子猫《こねこ》ちゃんは先《さき》に帰《かえ》って、いい子《こ》にお留守番《るすばん》してな」

うなる御影君《みかげくん》に背《せ》を向《む》けて、虎鉄君《こてつくん》がわたしに手《て》をさし出《だ》す。

「さあ、空《そら》の散歩《さんぽ》に出発《しゅっぱつ》だ」

「うん」

わたしは虎鉄君《こてつくん》の手《て》に手《て》を重《かさ》ねた。

4

空《そら》は夕日《ゆうひ》に赤《あか》く染《そ》められている。

わたしは虎鉄君《こてつくん》と一緒《いっしょ》に箒《ほうき》に乗《の》って、町《まち》の上空《じょうくう》を飛《と》んだ。

わたしたちの横《よこ》に並《なら》んで、大《おお》きな笹《ささ》が飛《と》んでいる。どうやって笹《ささ》を運《はこ》ぶのかなぁ？　と思《おも》っていたら、虎鉄君《こてつくん》が魔法《まほう》で風《かぜ》をおこして、箒《ほうき》のように飛《と》ばすという方法《ほうほう》だった。

「空飛《そらと》ぶ笹《ささ》なんて、初《はじ》めて！」

はしゃぎ声《こえ》をあげると、虎鉄君《こてつくん》がにっと笑《わら》って、

「ただ運《はこ》ぶだけじゃつまんないな。もっと楽《たの》しくいこう」

パチンと指《ゆび》を鳴《な》らした。

するとつむじ風《かぜ》が吹《ふ》き、空飛《そらと》ぶ笹《ささ》が空中《くうちゅう》でくるくると回《まわ》りだした。

「あははっ、ダンスしてるみたい」

山《やま》や高《たか》いビルもはるか下《した》で、広《ひろ》い空《そら》にはわたしたちの飛行《ひこう》をはばむものはない。

道《みち》も、交通標識《こうつうひょうしき》もなく、好《す》きな方《ほう》へ好《す》きなように行《い》ける。

(空《そら》を飛《と》ぶのって、すごく自由《じゆう》)

空《そら》を自由《じゆう》に吹《ふ》きぬける風《かぜ》、それを操《あやつ》る魔法《まほう》は虎鉄君《こてつくん》にぴったりだと思《おも》う。

そのとき、少《すこ》し離《はな》れたところを飛《と》んでいる鳥《とり》の群《む》れが見《み》えた。

いつもは下《した》から見上《みあ》げている鳥《とり》が、横《よこ》を飛《と》んでいる。

それを見《み》て、幼《おさな》い頃《ころ》に思《おも》ったことを思《おも》い出《だ》した。

「わたしね、子供《こども》の頃《ころ》、空飛《そらと》ぶ鳥《とり》を見《み》て思《おも》ってたの。一緒《いっしょ》に飛《と》べたら、気持《きも》ちいいだろうなぁって」

じゃあ、と虎鉄君《こてつくん》はさらっと言《い》った。

「その夢《ゆめ》、いま叶《かな》えよう。近《ちか》づいてみよう」

「え？　でも大丈夫《だいじょうぶ》かな？　驚《おどろ》いて逃《に》げちゃわないかな？」

「為《な》せば成《な》る！　行《い》こう」

うながされて、わたしは箒《ほうき》を鳥《とり》たちの方《ほう》へ進《すす》ませた。

鳥《とり》の群《む》れに恐《おそ》る恐《おそ》る近《ちか》づいていくと、やっぱり警戒《けいかい》したのか、鳥《とり》たちは方向《ほうこう》を変《か》えて離《はな》れていく。

「あ～……やっぱり駄目《だめ》みたい」

すると虎鉄君《こてつくん》がすごいことを教《おし》えてくれた。

「魔女《まじょ》には動物《どうぶつ》と話《はな》せる力《ちから》があるんだぜ」

わたしは目《め》を見開《みひら》いた。

「本当《ほんとう》!?」

「ああ。話《はな》しかけてみろよ」

「うんっ」

わたしは胸元《むなもと》のスタージュエルを握《にぎ》りしめ、胸《むね》を高鳴《たかな》らせながら、そっと鳥《とり》に向《む》かって話《はな》しかけた。

「えっと……みなさん、こんばんは。わたしたちは魔女《まじょ》と悪魔《あくま》です。あの……一緒《いっしょ》に飛《と》びたいんですけど、いいですか？」

返事《へんじ》はない。

でも、何《なに》か鳥《とり》たちから、ふわっとした気持《きも》ちのようなものが伝《つた》わってきた。

それが、いいですよーって言《い》ってるような気《き》がして、

「行《い》きまーす」

わたしは言《い》いながらゆっくり箒《ほうき》を動《うご》かして、鳥《とり》の群《む》れに寄《よ》っていった。

今度《こんど》は大丈夫《だいじょうぶ》だった。

羽《は》ばたく鳥《とり》たちが空間《くうかん》をあけて、わたしたちを群《む》れの中《なか》に入《い》れてくれた。

わたしは鳥《とり》を驚《おどろ》かせないように、小《ちい》さくわあっと声《こえ》をあげた。

「ホントだね、虎鉄君《こてつくん》の言《い》うとおりだね！　為《な》せば成《な》る、だね！」

「いやいや、リンがすごいんだ」

「え？」

「動物《どうぶつ》と意思《いし》を疎通《そつう》する魔法《まほう》は、かなり難度《なんど》の高《たか》い魔法《まほう》だ。フツー、何年《なんねん》も修行《しゅぎょう》しないと使《つか》えない」

わたしは目《め》をぱちくりさせた。

「えっ、そうなの？」

虎鉄君《こてつくん》はニッと笑《わら》った。

「白魔女修行《しろまじょしゅぎょう》、順調《じゅんちょう》だな」

向《む》かい風《かぜ》が吹《ふ》いてきて、群《む》れから一羽《いちわ》の鳥《とり》が遅《おく》れた。

他《ほか》の鳥《とり》たちと比《くら》べると身体《からだ》がひと回《まわ》り小《ちい》さく、まだ子供《こども》みたいだ。

懸命《けんめい》に羽《はね》を動《うご》かしているけど、なかなか群《む》れに戻《もど》れない。

「ほれ、来《こ》い」

虎鉄君《こてつくん》が軽《かる》く手首《てくび》を動《うご》かし、風《かぜ》でその子《こ》をふんわり引《ひ》き寄《よ》せて手助《てだす》けする。

よかった、群《む》れに戻《もど》れた。

するとその子《こ》が近《ちか》づいてきて、虎鉄君《こてつくん》の肩《かた》にとまった。

「お？」

「虎鉄君《こてつくん》、その子《こ》に好《す》かれちゃったみたいだね」

虎鉄君《こてつくん》は苦笑《くしょう》しながら、小鳥《ことり》に言《い》った。

「コラコラ、警戒心《けいかいしん》をもてよー。悪魔《あくま》なんかに近《ちか》づいたら、とって喰《く》われちまうぞ」

「その子《こ》にはわかるんだよ。虎鉄君《こてつくん》が優《やさ》しいってこと」

虎鉄君《こてつくん》がちょっと驚《おどろ》いた顔《かお》をして、ははっと笑《わら》った。

「そりゃ買《か》いかぶりすぎ。俺《おれ》、優《やさ》しいなんて、いままで言《い》われたことねーし」

わたしは、ん〰〰と考《かんが》えて言《い》った。

「そっかぁ。じゃあ、いままで虎鉄君《こてつくん》と会《あ》った人《ひと》たちは、知《し》らないまま別《わか》れちゃったんだね」

「え？」

「もっと一緒《いっしょ》にすごせばわかったのにね。虎鉄君《こてつくん》がすごく優《やさ》しい悪魔《あくま》だってこと……一緒《いっしょ》にいると、こんなにも楽《たの》しいってこと」

突然《とつぜん》、虎鉄君《こてつくん》が後《うし》ろから抱《だ》きしめてきた。

「⁉　こ、虎鉄君《こてつくん》……？」

「落下防止《らっかぼうし》」

そう言《い》いながら、虎鉄君《こてつくん》は両腕《りょううで》にぎゅうっと力《ちから》をこめる。

(ど、どうしたのかな？　急《きゅう》に……)

心臓《しんぞう》がバクバクする……このままでは破裂《はれつ》しかねない。

順調《じゅんちょう》に飛《と》んでいた箒《ほうき》がゆらゆらとゆれだした。

「もしもーし、白魔女《しろまじょ》さーん、箒《ほうき》がふらついてますよ～？」

虎鉄君《こてつくん》がくくっと笑《わら》いながら、からかうように注意《ちゅうい》してきた。

「だ、だってぇ……！　こんな状態《じょうたい》で、まっすぐ飛《と》ぶなんて無理《むり》だよぉ～」

魔女《まじょ》の意志《いし》で箒《ほうき》は飛《と》ぶ。

わたしの心《こころ》が動揺《どうよう》すると箒《ほうき》もゆれてしまう。

「それってさー、俺《おれ》にドキドキしてるってこと？」

「う………うん」

虎鉄君《こてつくん》の風《かぜ》が心地《ここち》良く吹《ふ》いて、箒《ほうき》の飛行《ひこう》を補助《ほじょ》してくれた。

「俺《おれ》も同《おな》じ。すっげードキドキしてる」

「ホント？　虎鉄君《こてつくん》って、いつも余裕《よゆう》だから……わたしばっかりドキドキしてる気《き》がする……」

「いや、マジでときめいてっから。こんなの初《はじ》めてだ。俺《おれ》も、世界《せかい》が変《か》わった」

「世界《せかい》……？」

「リン、言《い》ってただろ。俺《おれ》といると『世界《せかい》が変《か》わる』って」

ああ、とわたしは笑《わら》った。

「今日《きょう》だって、鳥《とり》と話《はな》せるなんてびっくりだよ。また世界《せかい》が変《か》わっちゃった」

「ははっ、そっか」

「虎鉄君《こてつくん》の世界《せかい》はすごく広《ひろ》そう。いままで、いろんなところへ行《い》ってたんでしょ？」

「まあ、な」

きっと世界中《せかいじゅう》を自由《じゆう》に羽《は》ばたいていたに違《ちが》いない。

鳥《とり》みたいに――そう思《おも》ったけど。

「毎日泥《まいにちどろ》にまみれて這《は》いつくばりながら、生《い》きるために戦《たたか》っていた。倒《たお》すか倒《たお》されるか、生《い》きるか死《し》ぬか、どこまで行《い》っても出口《でぐち》のない闇《やみ》――そんな殺伐《さつばつ》とした世界《せかい》を、渡《わた》り歩《ある》いてた」

思《おも》いがけず語《かた》られた虎鉄君《こてつくん》の過去《かこ》に、わたしは言葉《ことば》を失《うしな》った。

その内容《ないよう》があまりにも衝撃的《しょうげきてき》で、胸《むね》が凍《こご》える。

当《とう》の虎鉄君《こてつくん》は気持《きも》ち良《よ》さそうに風《かぜ》を浴《あ》びながら、穏《おだ》やかに微笑《ほほえ》んでいる。

「でもリンといると、世界《せかい》がまったく違《ちが》って見《み》えるんだ。おんなじ世界《せかい》のはずなのに、ぜんぜん違《ちが》って見《み》える。この世界《せかい》も悪《わる》くねえなって思《おも》える」

そして町《まち》を眺《なが》めながら、噛《か》みしめるようにつぶやいた。

「……きれいだ……」

笹《ささ》が風《かぜ》にのって躍《おど》り、結《むす》びつけられたかずみちゃんの願《ねが》いが書《か》かれた短冊《たんざく》がはためいている。

わたしは虎鉄君《こてつくん》の横顔《よこがお》を見《み》ながら、問《と》いかけた。

「虎鉄君《こてつくん》の願《ねが》い事《ごと》ってなぁに？」

虎鉄君《こてつくん》がぴくりとして、少《すこ》し驚《おどろ》いた顔《かお》でわたしを見《み》る。

「ちょっと気《き》になって……短冊《たんざく》に何《なに》を書《か》くのかなぁって」

虎鉄君《こてつくん》は、あははっと笑《わら》いとばした。

「あぁ、そのことか。すっげーバカバカしくて、超《ちょう》くだらないことさ。リンにわざわざ話《はな》すようなことじゃあない」

「でも、短冊《たんざく》に書《か》くんでしょ？　そういう願《ねが》い事《ごと》って、口《くち》に出《だ》す願《ねが》い事《ごと》よりも、実《じつ》は大事《だいじ》な願《ねが》いなんじゃないかなぁと思《おも》って」

一瞬《いっしゅん》、風《かぜ》が乱《みだ》れて、虎鉄君《こてつくん》は口《くち》をつぐんでしまった。

まずいこと聞《き》いちゃったかな？

「えっと……あの、話《はな》したくなかったら、別《べつ》にいいんだけど。もし何《なに》かわたしにお手伝《てつだ》いできることがあったら、力《ちから》になりたいなって思《おも》ったから……」

虎鉄君《こてつくん》はふっと笑《わら》った。

「そっか。ありがとな。あの願《ねが》いはさ……自分《じぶん》でもどうしたもんかと、ちょっともて余《あま》してんだ。

一番《いちばん》の願《ねが》いは『リンと結婚《けっこん》すること』だけど、それとは相反《あいはん》する願《ねが》いで」

虎鉄君《こてつくん》の言葉《ことば》、ひとつひとつを考《かんが》えてみた。

でもやっぱりよくわからない……どんな願《ねが》いなのか、見当《けんとう》もつかない。

「あいつらにも、誰《だれ》にも話《はな》すつもりはない。俺《おれ》の心《こころ》ん中《なか》の問題《もんだい》だから。でも、そうだなぁ……もし、つぶやきたくなったり、誰《だれ》かに相談《そうだん》したくなったときは、まっさきにリンに話《はな》す。それでいいか？」

「うん」

わたしたちは鳥《とり》の群《む》れと別《わか》れ、眼下《がんか》に見《み》えてきた学園《がくえん》へ降下《こうか》していった。

時計塔《とけいとう》の窓《まど》から蘭《らん》ちゃんが顔《かお》を出《だ》し、空《そら》から下《お》りてきた笹《ささ》を見《み》て声《こえ》を弾《はず》ませた。

「わあぁ、大《おお》きくて立派《りっぱ》な笹《ささ》ね！　いいじゃないっ」

虎鉄君《こてつくん》が風《かぜ》を操《あやつ》り、時計塔《とけいとう》の前《まえ》に笹《ささ》をゆっくりと下《お》ろす。

「ほい、とうちゃーく」

「ありがとう、虎鉄君《こてつくん》。お疲《つか》れさ――」

言《い》いながら足《あし》を地面《じめん》につけたとたん、くらっとして、ふらついた。

「……あれ？」

おっと、と虎鉄君《こてつくん》がわたしを腕《うで》で受《う》け止《と》めてくれた。

「魔力《まりょく》を消耗《しょうもう》したんだ。ちょっと長《なが》く飛《と》びすぎたな。ごめんな、俺《おれ》の長話《ながばなし》に付《つ》き合《あ》わせちまって」

「ううん……大丈夫《だいじょうぶ》。すごく楽《たの》しかった」

虎鉄君《こてつくん》にもたれながら微笑《ほほえ》むと、時計塔《とけいとう》から出《で》てきた蘭《らん》ちゃんがニヤニヤしながら、からかうように言《い》った。

「あらあら、なぁに？　おふたりさん、ちょっといい雰囲気《ふんいき》じゃな〜い？」

「え？　べ、別《べつ》に……」

さっき抱《だ》きしめられたのを思《おも》い出《だ》して、顔《かお》がカ〜ッとなる。

虎鉄君《こてつくん》が蘭《らん》ちゃんに、

「なあ蘭《らん》、俺《おれ》、一歩《いっぽ》リードじゃねえ？」

「そうかもね。リンの感《かん》じからさっするに、いま、けっこうトキメいてたわよ」

「よっしゃ！　やりぃ！」

虎鉄君《こてつくん》は握《にぎ》りこぶしでガッツポーズをした。

火照《ほて》った顔《かお》をぱたぱたして冷《さ》まそうとしていると、ふと視線《しせん》を感《かん》じた。

ふり向《む》くと、そこにいた生《い》き物《もの》と目《め》が合《あ》った。

猫《ねこ》だった。

茂《しげ》みの陰《かげ》から、エメラルドグリーンの目《め》で、じいっとこっちを見《み》ている。

何《なに》を見《み》てるのかな？　わたし？　それとも——

「リン、どうした？」

虎鉄君《こてつくん》が問《と》いかけてきた。

「いま、そこに猫《ねこ》が」

「猫《ねこ》？」

猫《ねこ》がいたところを指《ゆび》さしたけど、その姿《すがた》はなかった。

「あれ？　いなくなっちゃった。どこ行《い》ったんだろう……学園《がくえん》に住《す》んでるのかな？」

広《ひろ》い学園《がくえん》だから、どこかに猫《ねこ》が住《す》んでいてもおかしくない。

けど、虎鉄君《こてつくん》がきっぱりと否定《ひてい》した。

「いや、俺《おれ》らの他《ほか》に猫《ねこ》はいないはずだ。どんな猫《ねこ》だった？」

「目《め》の色《いろ》はきれいなエメラルドグリーンで、たぶん、ベンガルって種類《しゅるい》の猫《ねこ》だと思《おも》う。ヒョウみたいな模様《もよう》で、毛色《けいろ》は虎鉄君《こてつくん》とよく似《に》てたよ」

「ふぅん……」

そのとき、黒猫《くろねこ》が土煙《つちけむり》をあげながらものすごい勢《いきお》いで走《はし》ってきた。

「ニャアアアアア〰〰ッ！」

その勢《いきお》いのままに、わたしにとびついてきた。

「きゃ⁉　御影君《みかげくん》！　どうしたの？」

黒猫《くろねこ》の御影君《みかげくん》はぜえぜえ息《いき》を切《き》らしながら言《い》った。

「決《き》まって、んだろ……リンを、迎《むか》えに、来《き》たんだ！」

「え？　わざわざ来《き》てくれたの？」

「にゃんっ」

虎鉄君《こてつくん》がやれやれと肩《かた》をすくめた。

「御影《みかげ》……ホントおまえって、しょうがねぇ奴《やつ》だなぁ。ちょっと必死《ひっし》すぎじゃねえの？」

ガルルルとうなりながら黒猫《くろねこ》は言《い》い返《かえ》す。

「うるせえ、なりふりかまってられっかよ！」

虎鉄君《こてつくん》はふっと笑《わら》った。

「偉《えら》いな、おまえ」

「あ？　バカにしてんのか？」

「いや、褒《ほ》めてんの。見習《みなら》わねーとな、って」

「バカにされてるとしか思《おも》えねえ」

「褒《ほ》め言葉《ことば》っつってんだから、素直《すなお》に受《う》けとっとけよ。ちょうどいいタイミングでボディガードが来《き》たから、リン、俺《おれ》ちょっと行《い》ってくるわ」

「え？　どこへ？」

「リンが見《み》たっていう、猫《ねこ》を探《さが》しに」

御影君《みかげくん》が目《め》を細《ほそ》め、眉《まゆ》をひそめた。

「猫《ねこ》？　この学園《がくえん》に猫《ねこ》がいるのか？　俺《おれ》たちの他《ほか》に」

「リンがはっきり見《み》てる。ちょっとそのへん調《しら》べてくるわ。リンの護衛《ごえい》、頼《たの》んだぜ」

言《い》うやいなや、虎鉄君《こてつくん》は跳躍《ちょうやく》して、風《かぜ》のように去《さ》っていった。

5

夕方《ゆうがた》、家《いえ》の近《ちか》くの商店街《しょうてんがい》を、御影君《みかげくん》と一緒《いっしょ》に歩《ある》いた。

歩《ある》きながら御影君《みかげくん》が深《ふか》く溜息《ためいき》をついた。

「はー……」

「大丈夫《だいじょうぶ》？　疲《つか》れちゃった？」

御影君《みかげくん》は少《すこ》し気《き》まずそうに、私《わたし》の様子《ようす》をうかがうようにしながら問《と》いかけてきた。

「いや……俺《おれ》って、必死《ひっし》すぎ？　そういうのって、引《ひ》く？」

「えっ!?　そんなことないよ！」

御影君《みかげくん》は黒猫《くろねこ》の姿《すがた》で全力《ぜんりょく》で走《はし》ってきてくれた。わたしの護衛《ごえい》のために。

びっくりはしたけど、それで引《ひ》くなんてありえない。

「御影君《みかげくん》が一緒《いっしょ》に帰《かえ》ってくれると、安心《あんしん》だよ。来《き》てくれて、ありがとう」

御影君《みかげくん》がはにかみながら、うれしそうに笑《わら》った。

そして大《おお》きな手《て》で、そっとわたしの手《て》を握《にぎ》ってきた。

「リンにふれたい。悪魔《あくま》になるためじゃなくて……いいか？」

「う……うん」

いつもは御影君《みかげくん》が悪魔《あくま》の姿《すがた》になるときや、魔力《まりょく》を高《たか》めるときに、手《て》をつないでいる。

もう何度《なんど》もつないでるし、慣《な》れているはずなのに。

（うわぁ……どうしてかな？　ものすごく緊張《きんちょう》する……！）

いきなり悪魔《あくま》3人《にん》と婚約《こんやく》して、いろんな段階《だんかい》をとびこえてしまったから忘《わす》れてたけど。

わたしは男《おとこ》の人《ひと》とちゃんとお付《つ》き合《あ》いしたことがなく、デートをしたこともない。

そうだ、これって、なんだかデートみたいだ。

好《す》きな人《ひと》と一緒《いっしょ》に下校《げこう》するのも、手《て》をつなぐのも、あこがれていたシチュエーションのひとつだ。

恥《は》ずかしい……でも、ちょっとうれしい。

「あ、笹飾《ささかざ》り」

商店街《しょうてんがい》の駄菓子屋《だがしや》さんの前《まえ》に笹《ささ》が立《た》てられているのを見《み》つけた。

折《お》り紙《がみ》で作《つく》られたいろいろな飾《かざ》り、それと子供《こども》たちが書《か》いた短冊《たんざく》が笹《ささ》につけられていた。

「ケーキ屋《や》さんになりたい」とか、「サッカーせんしゅになりたい」とか、「アイドルになる！」とか、まっすぐでかわいい夢《ゆめ》がのびのびと書《か》かれている。

その中《なか》の一枚《いちまい》が、目《め》にとまった。

「あ、赤《あか》い糸《いと》のこと、書《か》いてる子《こ》がいる」

――好《す》きな人《ひと》と、運命《うんめい》の赤《あか》い糸《いと》で結《むす》ばれますように。

書《か》いたのは、たぶん恋《こい》をしている女《おんな》の子《こ》だろう。

丁寧《ていねい》に書《か》かれた文字《もじ》から、真剣《しんけん》な気持《きも》ちが伝《つた》わってくる。

「運命《うんめい》の赤《あか》い糸《いと》って、本当《ほんとう》にあるのかな？」

御影君《みかげくん》がわたしを見《み》つめて問《と》いかけてきた。

「リンは、赤《あか》い糸《いと》で結《むす》ばれたいのか？」

「え？」

そういうわけじゃないけど……でも、少《すこ》しあこがれはある。

白馬《はくば》の王子様《おうじさま》とか、運命《うんめい》の相手《あいて》とか、少女漫画《しょうじょまんが》によく出《で》てくる夢物語《ゆめものがたり》。

現実《げんじつ》にはありえないと思《おも》いながらも、あったらステキだなって。

でも御影君《みかげくん》の意見《いけん》は違《ちが》った。

「俺《おれ》は、結《むす》ばれる相手《あいて》を運命《うんめい》なんかに決《き》められたくないな。赤《あか》い糸《いと》で結《むす》ばれていても、結《むす》ばれていなくても関係《かんけい》ない。俺《おれ》はリンと結婚《けっこん》したい——それだけだ」

夕方《ゆうがた》の商店街《しょうてんがい》は、買《か》い物《もの》をしている人《ひと》たちでにぎわっている。学校《がっこう》やお仕事帰《しごとがえ》りの人《ひと》や、塾《じゅく》へ向《む》かう子供《こども》たち、大勢《おおぜい》の人《ひと》たちがわたしたちのそばを行《ゆ》き交《か》っている。

でも御影君《みかげくん》はそちらには見向《みむ》きもしない。その赤《あか》い瞳《ひとみ》はまっすぐわたしを見《み》ている。

いつも、わたしだけを。

「あの……御影君《みかげくん》は、どうしてわたしなの？」

熱《あつ》い視線《しせん》を受《う》け止《と》めきれず、わたしは少《すこ》しうつむきながら聞《き》いた。

ずっと気《き》になっていたことだ。

「わたしが御影君《みかげくん》を知《し》る前《まえ》から、御影君《みかげくん》はわたしを知《し》っていたんでしょ？　どうしてそんなふうに強《つよ》く想《おも》ってくれるのかなぁって……理由《りゆう》があるなら……聞《き》きたい」

御影君《みかげくん》は七夕《たなばた》の飾《かざ》りを見上《みあ》げて、遠《とお》い目《め》をする。

しばらく考《かんが》えていて、やがて静《しず》かに語《かた》りだした。

「……炎《ほのお》がともったんだ」

「炎《ほのお》？」

「俺《おれ》は禁忌《きんき》の悪魔《あくま》で……誰《だれ》からもうとまれて、近《ちか》づくなと避《さ》けられてきた。俺《おれ》の中《なか》にはいつもいら立《だ》ちとか、あきらめとか、そんな思《おも》いしかなくて……なんのために俺《おれ》は生《う》まれたんだろうって、ずっと疑問《ぎもん》に思《おも》ってた。でも、リンを初《はじ》めて見《み》たとき、俺《おれ》の中《なか》に炎《ほのお》がともった。それまで感《かん》じことのない、熱《あつ》くて強《つよ》い感情《かんじょう》が生《う》まれた」

御影君《みかげくん》がわたしを見《み》た。

熱《あつ》い想《おも》いがともっている赤《あか》い瞳《ひとみ》は、炎《ほのお》そのもの。

「リンに会《あ》いたい……リンのそばにいたい……リンにふれたい……望《のぞ》みは炎《ほのお》みたいに、ずっと俺《おれ》の中《なか》で燃《も》えつづけてる。何《なに》があっても、消《き》えない。こんなふうに誰《だれ》かを想《おも》い、焦《こ》がれるのは初《はじ》めてだ」

御影君《みかげくん》の炎《ほのお》が、わたしにも燃《も》え移《うつ》ったみたいに胸《むね》が熱《あつ》くなる。

ドクン、ドクン、ドクン……鼓動《こどう》が高鳴《たかな》る。

赤《あか》い夕日《ゆうひ》のせい？

それとも御影君《みかげくん》の禁忌《きんき》の力《ちから》？

違《ちが》う……これは、わたしの心《こころ》だ。

御影君《みかげくん》がつないでいたわたしの手《て》をもちあげて、

「俺《おれ》はリンに会《あ》うために生《う》まれてきた。結婚相手《けっこんあいて》は、リン以外《いがい》に考《かんが》えられない……欲《ほ》しいのは、リンだけだ」

そして誓《ちか》いを立《た》てるように、わたしの左手《ひだりて》の小指《こゆび》にキスをした。

そのときだった。

ガッシャーーーン！

背後《はいご》で大《おお》きな音《おと》がして、わたしはびくっとしてふり向《む》いた。

見《み》ると、自転車《じてんしゃ》に乗《の》っていた人《ひと》が立《た》て看板《かんばん》にぶつかって倒《たお》れている。

倒《たお》れている人《ひと》を見《み》て、わたしは仰天《ぎょうてん》した。

「お、お父《とう》さん!?」

お父《とう》さんは機敏《きびん》にバッと立《た》ち上《あ》がり、わたしの方《ほう》へ走《はし》ってきた。

「リン、大丈夫《だいじょうぶ》か!?」

「お父《とう》さんこそ、大丈夫《だいじょうぶ》!?　ケガは？」

「バッチリ受《う》け身《み》をとったから、ケガはない！　そんなことより、リン、いま、お、男《おとこ》と一緒《いっしょ》じゃなかったか!?　黒髪《くろかみ》の！」

ぎくっ！

まずいっ、御影君《みかげくん》といるところを見《み》られてしまったみたいだ。

見《み》ると、御影君《みかげくん》はすでに黒猫《くろねこ》になっていて、しっぽをそよがせてる。

「お、男《おとこ》の人《ひと》……なんていないよ？　クロちゃんと短冊《たんざく》を見《み》ていただけだよ。お父《とう》さんの見間違《みまちが》いじゃない？　ほら、薄暗《うすぐら》いし」

内心《ないしん》、冷《ひ》や汗《あせ》をだらだらかきながら、笑顔《えがお》でしらばっくれる。

「いや、でもだな……！　う〜ん？」

お父《とう》さんはあたりに目《め》をやるが、肝心《かんじん》の相手《あいて》が見《み》つからない。見間違《みまちが》いという可能性《かのうせい》に傾《かたむ》いているみたいだ。

「あ！　お父《とう》さん、袖《そで》のボタン、とれてるよ！」

「ん？　あ、ホントだ」

「うちでつけてあげる。行《い》こ、早《はや》く帰《かえ》ろっ」

なんとかごまかしながら、わたしはお父《とう》さんと家《いえ》への帰《かえ》り道《みち》を歩《ある》いた。

後《うし》ろを、とことこと黒猫《くろねこ》がついてくる。

なんだか後《うし》ろをふり向《む》けない。

御影君《みかげくん》にキスされた小指《こゆび》に熱《ねつ》が残《のこ》っていて、それがいつまでも消《き》えなかった。

6

夕食後《ゆうしょくご》、わたしはリビングに裁縫箱《さいほうばこ》をもってきてテーブルに置《お》いた。

これは昔《むかし》、お母《かあ》さんが使《つか》っていた裁縫箱《さいほうばこ》で、ひととおりの裁縫道具《さいほうどうぐ》がそろっている。どの道具《どうぐ》も傷《いた》みはなく、お母《かあ》さんが大切《たいせつ》に使《つか》っていたことがよくわかる。

いろいろな色《いろ》の糸《いと》や布《ぬの》、ボタンもたくさんあって、それぞれ小箱《こばこ》に入《い》れられて、きれいに整理《せいり》整頓《せいとん》されている。わたしはボタンの箱《はこ》を開《あ》けて、お父《とう》さんのシャツに付《つ》けるボタンを探《さが》した。

「うーん、同《おな》じボタンがないね。似《に》たボタンでいい？」

お父《とう》さんがハーブティーを淹《い》れながら言《い》う。

「リンにまかせるよ」

片方《かたほう》だけ違《ちが》うボタンだとおかしいから、両袖《りょうそで》のボタンをおそろいにして、付《つ》け替《か》えることにした。

まず針《はり》に糸《いと》を通《とお》し、袖《そで》にボタンをあてる。

そしてひと針《はり》ひと針《はり》しっかりと、丁寧《ていねい》に縫《ぬ》いつけていく。

お父《とう》さんが向《む》かいの椅子《いす》に座《すわ》って、ボタン付《つ》けの作業《さぎょう》をじいっと見《み》ているのに気《き》づいた。

「なぁに？」

「いや、なんか……お母《かあ》さんみたいだなぁ、と思《おも》って」

お父《とう》さんがなつかしそうに目《め》を細《ほそ》めた。

「初《はじ》めてお母《かあ》さんと会《あ》ったときな、お母《かあ》さんもそんなふうにとれたボタンを付《つ》けてくれたんだ」

ソファで寝《ね》そべっていた黒猫《くろねこ》が、耳《みみ》をぴくりと動《うご》かす。

そういえば、お父《とう》さんとお母《かあ》さんはどのようにして出会《であ》ったのか、なれそめを聞《き》いたことがない。

わたしは針《はり》をもった手《て》を止《と》めて、お父《とう》さんに問《と》いかけた。

「お父《とう》さんとお母《かあ》さんは、どこで出会《であ》ったの？」

「あれ、話《はな》したことなかったか？」

「うん」

おとうさんはハーブティーを一口《ひとくち》飲《の》んで、話《はな》しはじめた。

「昔《むかし》、ある通《とお》り魔事件《まじけん》の捜査《そうさ》をしていてな。星《ほし》ケ丘町《がおかちょう》で、夜道《よみち》を歩《ある》いている女性《じょせい》がナイフで切《き》られるという被害《ひがい》が連続《れんぞく》で起《お》こったんだ。お父《とう》さんたち警察官《けいさつかん》は全力《ぜんりょく》で捜査《そうさ》して、毎日《まいにち》パトロールをした。でもなかなか犯人《はんにん》を見《み》つけられなくて、被害者《ひがいしゃ》が日《ひ》に日《ひ》に増《ふ》えていった。そんなとき、七夕《たなばた》の笹飾《ささかざ》りの下《した》に立《た》っている女性《じょせい》を見《み》つけた。真《ま》っ暗《くら》な街角《まちかど》で、真《ま》っ白《しろ》なワンピースを着《き》て立《た》っていた。――それが、お母《かあ》さんだ」

その光景《こうけい》が、自然《しぜん》と頭《あたま》に思《おも》い浮《う》かんだ。

夜《よる》にたたずむ白《しろ》い服《ふく》のお母《かあ》さん……なんだかすごく白魔女《しろまじょ》っぽい。

「通《とお》り魔《ま》が出《で》るから危《あぶ》ないって注意《ちゅうい》しようと近《ちか》づいたらな、お母《かあ》さん、お父《とう》さんを見《み》てにっこり笑《わら》って言《い》ったんだ――『見《み》つけた』って。お母《かあ》さんいわく、ボタンを拾《ひろ》って、落《お》とし主《ぬし》を捜《さが》していたらしい」

「ボタン……？」

「それが、お父《とう》さんの服《ふく》についてたボタンだったんだ」

すごく不思議《ふしぎ》な出来事《できごと》だ。

でもお母《かあ》さんが白魔女《しろまじょ》だったことを知《し》っているいまは、ありえるかもって思《おも》える。

「お母《かあ》さんは小《ちい》さい裁縫道具《さいほうどうぐ》をもっていて、その場《ば》でささっとボタンをつけてくれた。すごく上《じょう》手《ず》で、きれいな人《ひと》だなぁって……お父《とう》さん、見《み》とれちゃってなぁ。まあ、一目惚《ひとめぼ》れってやつだな」

照《て》れくさそうで、うれしそう。

お母《かあ》さんとの出会《であ》いが、お父《とう》さんにとって、とても幸《しあわ》せなことだったんだってわかって、なんだかわたしもうれしくなってきた。

「警察官《けいさつかん》をやっていると嫌《いや》な事件《じけん》に接《せっ》することが多《おお》くてな、お父《とう》さん、ちょっと疲《つか》れてまいってたんだ。なんて嫌《いや》な世《よ》の中《なか》なんだろうって。でもお母《かあ》さんと出会《であ》って、世界《せかい》がこう、ぱあっと輝《かがや》きだしたんだ。世《よ》の中《なか》捨《す》てたもんじゃない、がんばろうって。そしたら、その後《あと》すぐに、通《とお》り魔《ま》を逮捕《たいほ》できたんだ。お父《とう》さんにとって、お母《かあ》さんは幸運《こううん》の女神《めがみ》だ」

「ステキな出会《であ》いだね」

「だろ？」

お父《とう》さんは笑《わら》いながら、しみじみとつぶやいた。

「縁《えん》って、不思議《ふしぎ》だよなぁ。そんなきっかけで出会《であ》って、知《し》り合《あ》って……結婚《けっこん》したりするんだから」

「出会《であ》いって、奇跡《きせき》だね」

魔女《まじょ》になってグールに襲《おそ》われるようになったのは怖《こわ》いけど、御影君《みかげくん》、零士君《れいじくん》、虎鉄君《こてつくん》、3人《にん》の悪魔《あくま》と出会《であ》った。そして蘭《らん》ちゃんや、セレナさんとも。

わたしは縁《えん》に恵《めぐ》まれている。

お母《かあ》さんからもらったこの縁《えん》を、大切《たいせつ》にしなきゃ、って思《おも》った。

7

次《つぎ》の日《ひ》の放課後《ほうかご》。

時計塔《とけいとう》の前《まえ》に笹《ささ》を横《よこ》たえて、そこで星占《ほしうらな》いをしにやって来《く》る子《こ》たちを待《ま》った。

その子《こ》たちに、短冊《たんざく》を書《か》いてもらうためだ。

だけど……スター・フェスティバルは、各部《かくぶ》ごとに笹飾《ささかざ》りや模擬店《もぎてん》の準備《じゅんび》をやらなければならない。みんなその準備《じゅんび》で忙《いそが》しいのか、占《うらな》いに来《く》る生徒《せいと》はいなかった。

人形《にんぎょう》の蘭《らん》ちゃんが腕組《うでぐ》みをしながらうなった。

「誰《だれ》も来《こ》ないわね」

あまりにも人《ひと》が来《こ》ないので、３人《にん》は猫《ねこ》の姿《すがた》になって休《やす》んでいる。

「どうしよう……？」

考《かんが》えていると、白猫《しろねこ》の零士君《れいじくん》がひげをそよがせながら言《い》った。

「願《ねが》いが書《か》かれていなくても、星《ほし》の短冊《たんざく》をつけるだけで充分《じゅうぶん》、見栄《みば》えのする笹飾《ささかざ》りになると思《おも》うが」

「うん……でも、できればいろんな人《ひと》に願《ねが》い事《ごと》を書《か》いてもらいたいなぁ……」

願《ねが》い事《ごと》が書《か》かれた星《ほし》ってところがポイントで、そこがわたしのこだわりでもある。

でもちょっと難《むずか》しいかなぁ？　あんまり難《むずか》しいなら、こだわりは捨《す》てた方《ほう》がいいかなぁ？

そんなことを考《かんが》えていたとき、ふいに背後《はいご》から声《こえ》がした。

「ステキなこだわりね」

わたしはびくっとして、跳《と》びあがった。

「きゃあああっ!?」

ふり向《む》くと、長《なが》い黒髪《くろかみ》の女性《じょせい》が立《た》っていた。

「綺羅《きら》さん！」

綺羅《きら》さんは髪《かみ》をかきあげながら、微笑《ほほえ》んだ。

「なんだか、オバケでも見《み》たような驚《おどろ》き方《かた》ね。わたくし、そんなに怖《こわ》いかしら？」

「い、いえ！　そんなこと……！　大声出《おおごえだ》しちゃって、すみません……」

跳《は》ねあがった鼓動《こどう》がなかなかおさまらない。

考《かんが》え事《ごと》をしていたからかな、足音《あしおと》も、気配《けはい》も、まったく感《かん》じなかった。

猫《ねこ》の御影君《みかげくん》たちも驚《おどろ》いたみたいで、耳《みみ》や尻尾《しっぽ》をピンと立《た》てて硬直《こうちょく》している。

人形《にんぎょう》の蘭《らん》ちゃんも、だるまさんが転《ころ》んだ、みたいに停止《ていし》している。

(まさか……見《み》られてないよね？)

猫《ねこ》や人形《にんぎょう》と話《はな》してるところ。

わたしは動揺《どうよう》しながら、綺羅《きら》さんに問《と》いかけた。

「あの……何《なに》かご用《よう》ですか？」

「地岡先生《ちおかせんせい》から、星占《ほしうらな》い部《ぶ》の笹《ささ》が小《ちい》さいという意見《いけん》を聞《き》いて、見《み》に来《き》たのよ。でも――」

綺羅《きら》さんは置《お》いてある笹《ささ》を見《み》た。

「なかなか立派《りっぱ》な笹《ささ》じゃない。これ、どうしたの？」

「あ、えっと、笹《ささ》をくれるっていう友達《ともだち》がいて……その子《こ》からもらいました」

「そう。わたくしに相談《そうだん》してくれれば、すぐに手配《てはい》したのに」

わたしは恐縮《きょうしゅく》しながら頭《あたま》を下《さ》げた。

「すみません……それと、ありがとうございました。顧問《こもん》を地岡先生《ちおかせんせい》にお願《ねが》いしてくださって」

「お礼《れい》を言《い》われるようなことじゃなくてよ。生徒会長《せいとかいちょう》として、やるべきことをやっただけだから」

綺羅《きら》さんはにっこり優《やさ》しく微笑《ほほえ》み、ふいに問《と》いかけてきた。

「ところで――リンさん、あなたの願《ねが》い事《ごと》はなぁに？」

「え？」

「短冊《たんざく》には何《なん》と書《か》いたの？」

綺羅《きら》さんの黒《くろ》い瞳《ひとみ》にわたしが映《うつ》っている。

深《ふか》く、底《そこ》が見《み》えない湖《みずうみ》のよう。

のぞきこんだら吸《す》いこまれてしまいそうな錯覚《さっかく》を覚《おぼ》えて、わたしはあわててうつむいた。

「まだ、書《か》いてません……考《かんが》え中《ちゅう》で」

「そう」

「……綺羅《きら》さんは？」

わたしは少《すこ》し緊張《きんちょう》しながら、問《と》い返《かえ》した。

「綺羅《きら》さんの願《ねが》い事《ごと》は何《なん》ですか？」

風《かぜ》が吹《ふ》き、笹《ささ》の葉《は》がさらさらと音《おと》をたて、綺羅《きら》さんの長《なが》い黒髪《くろかみ》が大《おお》きくゆれる。

綺羅《きら》さんはしばし考《かんが》えて、ぽつりとつぶやいた。

「――運命《うんめい》の赤《あか》い糸《いと》」

「え？」

「運命《うんめい》の赤《あか》い糸《いと》で結《むす》ばれている相手《あいて》に会《あ》いたいわ」

へえ、とわたしは思《おも》わず声《こえ》をあげた。

「ちょっと意外《いがい》です……」

「あら、どうして？　女《おんな》の子《こ》ならみんな、あこがれるものじゃない？」

「ふつうはそうですけど……綺羅《きら》さんって、ふつうとは違《ちが》う願《ねが》い事《ごと》をもっていそうなイメージだったので……」

モデルをやるほどきれいで、優《やさ》しくて、成績優秀《せいせきゆうしゅう》で品行方正《ひんこうほうせい》、立派《りっぱ》に生徒会長《せいとかいちょう》もつとめている。

人《ひと》がうらやましいと思《おも》うものを、たくさんもっている人《ひと》。

だから、願《ねが》い事《ごと》もふつうの人《ひと》とはちょっと違《ちが》うんじゃないかなぁって思《おも》ってた。

「わたくしだってふつうの女《おんな》の子《こ》よ。誰《だれ》かと恋《こい》をして、好《す》きな相手《あいて》と結《むす》ばれて、幸《しあわ》せになりたい
……そうなれたらなぁって、あこがれているわ」

そっかぁ。どんなにすごい人《ひと》でも、中学生《ちゅうがくせい》の女《おんな》の子《こ》。

恋愛《れんあい》にあこがれる気持《きも》ちは、みんな同《おな》じなんだ。

「運命《うんめい》の相手《あいて》と結《むす》ばれれば、きっと幸《しあわ》せになれる……だから、そんな人《ひと》が現《あらわ》れるのを待《ま》ってるの」

綺羅《きら》さんの願《ねが》いに、突然《とつぜん》、御影君《みかげくん》が言《い》い返《かえ》した。

「待《ま》ってても、幸《しあわ》せになんかなれるわけねーだろ」

あれ？　御影君《みかげくん》、黒猫《くろねこ》の姿《すがた》だったのに、いつのまに!?

びっくりするわたしをよそに、御影君《みかげくん》は綺羅《きら》さんに意見《いけん》をぶつけた。

「欲《ほ》しいものは、自分《じぶん》の手《て》でつかみに行《い》かないと手《て》に入《はい》らねえよ」

「あら、あなたも幸《しあわ》せが欲《ほ》しいの？」

「違《ちが》う。俺《おれ》はリンを幸《しあわ》せにしたいんだ。何《なに》があろうと、この手《て》で、絶対《ぜったい》に幸《しあわ》せにする！」

綺羅《きら》さんは目《め》を細《ほそ》めながら微笑《びしょう》した。

「自信満々《じしんまんまん》ね。女《おんな》の子《こ》を幸《しあわ》せにするのって、口《くち》で言《い》うほど簡単《かんたん》ではなくてよ」

「やる気《き》の問題《もんだい》だろ。簡単《かんたん》でも、難《むずか》しくても、俺《おれ》はやる」

御影君《みかげくん》と綺羅《きら》さんが視線《しせん》をぶつけ合《あ》う。

（な、なに？　どうしてにらみ合《あ》ってるの……!?）

わたしはふたりを交互《こうご》に見《み》ながらハラハラした。

綺羅《きら》さんはやがてにっこりと笑《わら》ってわたしに言《い》った。

「ステキな騎士《ナイト》がいてうらやましいわ。こんなにも想《おも》われて、リンさんは幸《しあわ》せね」

「え？　あ……えっと……」

いつもなら、そんなことない、って言《い》ってしまうところだけど。

でも御影君《みかげくん》の前《まえ》で、御影君《みかげくん》を否定《ひてい》するようなことを言《い》いたくない。

もじもじしながら、わたしは小《ちい》さくうなずいた。

「……――はい」

御影君《みかげくん》がぱあっとうれしそうな笑顔《えがお》になって、がばっと抱《だ》きついてきた。

「リーン！」

「きゃ！　み、御影君《みかげくん》……！」

綺羅《きら》さんが見《み》てるよ〜！

御影君《みかげくん》はかまわずわたしを抱《だ》きしめながら、勝《か》ち誇《ほこ》ったように綺羅《きら》さんに言《い》った。

「リンが幸《しあわ》せになれば、俺《おれ》も幸《しあわ》せになる──幸《しあわ》せって、そういうもんだろ？」

綺羅《きら》さんはふっと笑《わら》った。

「……そうね。お邪魔《じゃま》なようだから、わたくしはこれで失礼《しつれい》するわ。スター・フェスティバルの準備《じゅんび》、がんばってね」

「あ、はい。いろいろありがとうございました」

ぺこりと頭《あたま》を下《さ》げると、笑顔《えがお》で綺羅《きら》さんは去《さ》っていった。

その姿《すがた》が見《み》えなくなると、蘭《らん》ちゃんがはぁ〜っと息《いき》をはいて、地面《じめん》にぺたんと座《すわ》りこんだ。

「あ〜、びっくりした。あの人《ひと》、急《きゅう》に来《く》るから」

虎猫《とらねこ》が虎鉄君《こてつくん》の姿《すがた》になって、御影君《みかげくん》の頭《あたま》をぽかりとたたく。

「いって！　何《なに》すんだよ!?」

「おまえ、会長《かいちょう》の前《まえ》でうかつに姿変《すがたか》えんなよ。見《み》られたらどうすんだ!?」

「だってよ、あいつがつまんねーこと、リンに言《い》うから！」

白猫《しろねこ》から姿《すがた》を変《か》えた零士君《れいじくん》が、ぶつぶつと自問《じもん》する。

「あの生徒会長《せいとかいちょう》……姿《すがた》を見《み》せるまで気配《けはい》がなかった……僕《ぼく》が油断《ゆだん》していたのか？　……それとも……——」

3人《にん》に、蘭《らん》ちゃんが活《かつ》を入《い》れるように言《い》った。

「あなたたち、ニャンニャン騒《さわ》いでる場合《ばあい》じゃないわよ！　ここでただ待《ま》ってても、誰《だれ》も来《こ》ない！　短冊《たんざく》は増《ふ》えないわよ！」

そうだった！　早《はや》く短冊《たんざく》をなんとかしないと。

「う〰〰、どうしよう？」

「わたしにいいアイデアがあるわ。人《ひと》を集《あつ》めるには、人目《ひとめ》を惹《ひ》きつけないと。これはどう？」

蘭《らん》ちゃんがノートを開《ひら》くと、そこには服《ふく》のデザイン画《が》が描《か》かれていた。

色鉛筆《いろえんぴつ》できれいに色《いろ》がぬられている。

「織姫《おりひめ》のコスチュームよ。ちょっとデザインしてみたんだけど」

「へえ、蘭《らん》ちゃん、すご〜い！　コーディネートだけじゃなく、デザインもできるんだね」

「見《み》よう見《み》まねだけどね。ちなみにこれ、リンが着《き》る服《ふく》だから」

「えっ、わたし!?」

「そうよ。大丈夫《だいじょうぶ》、絶対似合《ぜったいにあ》うから！　ねえ白《しろ》ニャンコ、デザイン画《が》を起《お》こして服《ふく》を作《つく》る、そんな魔法《まほう》はないの？」

零士君《れいじくん》がうなずいた。

「ある」

「じゃあ、これお願《ねが》い」

「僕《ぼく》の魔法《まほう》は、リンのためにある」

零士君《れいじくん》は青《あお》い瞳《ひとみ》をわたしに向《む》けた。

「リン、君《きみ》が望《のぞ》むなら」

わたしはぺこりと頭《あたま》を下《さ》げた。

「よろしくお願《ねが》いします」

零士君《れいじくん》はうなずき、うやうやしく手《て》をさし出《だ》してくる。

わたしは零士君《れいじくん》と手《て》をとり合《あ》い、教《おし》えてもらった呪文《じゅもん》を一緒《いっしょ》に唱《とな》えた。

「『ロゼッタローブ！』」

まるでシンデレラが魔法《まほう》でステキなドレスをまとうみたいに。

キラキラと輝《かがや》く魔《ま》法《ほう》の光《ひかり》がわたしの身体《からだ》を包《つつ》み、衣服《いふく》を変化《へんか》させた。

8

時計塔《とけいとう》は本校舎《ほんこうしゃ》から離《はな》れているので、人通《ひとどお》りが少《すく》ない。

そこでわたしたちは、笹《ささ》と星《ほし》の短冊《たんざく》をもって、大勢《おおぜい》の生徒《せいと》たちが行《ゆ》き交《か》う学園《がくえん》のメインストリートへ移動《いどう》した。

そこに運《はこ》んできた机《つくえ》を置《お》いて、織姫《おりひめ》になったわたしは呼《よ》びこみの声《こえ》をあげた。

「あの、えっと、星占《ほしうらな》い部《ぶ》です。よかったら、短冊《たんざく》を書《か》いてください」

はじめはみんな遠巻《とおま》きにこっちを見《み》ながら通《とお》りすぎていたけど、やがて数人《すうにん》の女《おんな》の子《こ》たちが足《あし》を止《と》めた。

「それ、かわいい衣装《いしょう》だね。作《つく》ったの？」

「あ、はい。友達《ともだち》がデザインしてくれた織姫《おりひめ》の衣装《いしょう》です」

ふつうの織姫《おりひめ》とはちょっと違《ちが》う。

ふんわり浮《う》かんだ羽衣《はごろも》に、着物《きもの》のような形《かたち》の襟元《えりもと》、というのは織姫《おりひめ》っぽいけど、下《した》はミニスカートだ。スカートは羽衣《はごろも》のようにふわふわと動《うご》き、生地《きじ》には小《ち》さな星《ほし》の形《かたち》のスパンコールがつけられている。アップにしてまとめたわたしの髪《かみ》にも星《ほし》のアクセサリーがついている。

「やっぱり織姫《おりひめ》だ！　なんかいいねっ」

「斬新《ざんしん》～！　かわいい～！」

蘭《らん》ちゃんデザインの服《ふく》、大好評《だいこうひょう》だよ！

服《ふく》をみんなに褒《ほ》められて、わたしもすごくうれしい。

「ありがとうございます。あの、よかったら……短冊《たんざく》、書《か》きませんか？」

短冊《たんざく》をさし出《だ》すと、思《おも》いのほか喜《よろこ》ばれた。

「織姫様《おりひめさま》から短冊《たんざく》もらえるなんて、うれし～！」

「だよね。願《ねが》い事《ごと》が、叶《かな》いそうな気《き》がする」

「星《ほし》の短冊《たんざく》、かわいい～！」

短冊《たんざく》を受《う》けとった女《おんな》の子《こ》たちは用意《ようい》したテーブルの方《ほう》へ行《い》く。

そこでペンを用意《ようい》して待《ま》っているのは３人《にん》の悪魔《あくま》。

御影君《みかげくん》と零士君《れいじくん》は、黒《くろ》のネクタイに黒《くろ》のベスト。

虎鉄君《こてつくん》はラフな黒《くろ》のシャツ。

モノトーンな服《ふく》だ。

わたしとおそろいの織姫《おりひめ》の服《ふく》を着《き》た蘭《らん》ちゃんが、机《つくえ》の下《した》に隠《かく》れながら話《はな》しかけてきた。

「3悪魔《あくま》は、織姫《おりひめ》のお手伝《てつだ》いをする黒子《くろこ》ってイメージよ。どう？」

「3人《にん》ともよく似合《にあ》ってるけど……せっかくなんだし、御影君《みかげくん》たちも何《なに》かコスプレした方《ほう》がよかったんじゃない？」

きっと何《なに》を着《き》ても似合《にあ》うと思《おも》うな。

蘭《らん》ちゃんは目《め》をキラリとさせながら、ふふふとほくそ笑《え》んだ。

「これでいいのよ。悪魔《あくま》たちは顔《かお》がいいんだから、飾《かざ》りなんていらないの。へたに着飾《きかざ》らないで、黒《くろ》でシックにまとめた方《ほう》が、イケメンぶりが際立《きわだ》つものよ」

蘭《らん》ちゃんの狙《ねら》いは大当《おおあ》たりだった。

わたしは悪魔《あくま》の黒衣《こくい》を見慣《みな》れているけど、生徒《せいと》のみんなには黒《くろ》ずくめの御影君《みかげくん》たちは新鮮《しんせん》に映《うつ》ったみたいで、女《おんな》の子《こ》たちの視線《しせん》が引《ひ》き寄《よ》せられるように3人《にん》に集《あつ》まる。

その効果《こうか》は大《おお》きかった。

「ねえねえ、この短冊《たんざく》に『御影君《みかげくん》と付《つ》き合《あ》いたい！』って書《か》いたら叶《かな》う？」

「わたし、『虎鉄君《こてつくん》とデートしたい！』って書《か》くね！」

零士さま♥がほしい♥
御影くんのカノジョになりたい♥
こてさんとデート♡♡

「北条君《ほうじょうくん》、短冊《たんざく》書《か》いたら、一緒《いっしょ》に写真《しゃしん》撮《と》っていい？」

短冊《たんざく》を書《か》きたいという希望者《きぼうしゃ》がぞくぞくと現《あらわ》れて、熱《あつ》い願《ねが》い事《ごと》が書《か》かれた星《ほし》の短冊《たんざく》がみるみる増《ふ》えていく。

用意《ようい》した短冊《たんざく》が足《た》りなくなり、急《きゅう》きょ、その場《ば》で紙《かみ》を切《き》って短冊《たんざく》を追加《ついか》で作《つく》るという勢《いきお》いだった。

(わあぁ、すごいすご〜い！　これだけあれば、星《ほし》いっぱいの笹飾《ささかざ》りになるよっ)

うれしい悲鳴《ひめい》をあげていた、そのときだった。

突風《とっぷう》が吹《ふ》いて、1枚《まい》の短冊《たんざく》が飛《と》ばされた。

「あっ」

わたしはあわてて短冊《たんざく》を追《お》いかけた。

誰《だれ》かの願《ねが》い事《ごと》が書《か》いてある大切《たいせつ》な短冊《たんざく》だ、なくすわけにはいかない。

短冊《たんざく》は蝶《ちょう》のようにひらひらと、風《かぜ》にのって飛《と》んでいく。

メインストリートから離《はな》れ、校舎《こうしゃ》の近《ちか》くまで飛《と》んで、そこでわたしはようやく短冊《たんざく》をつかんだ。

(はあ……よかった)

戻《もど》ろうとしたそのとき、赤《あか》いものが目《め》に入《はい》って、わたしはハッとした。

(赤《あか》い糸《いと》だ)
細《ほそ》く長《なが》い糸《いと》が1本《ぽん》、地面《じめん》にのびている。
(どうしてこんなところに糸《いと》が？)
ふと自分《じぶん》の左手《ひだりて》を見《み》て、ぎくりとした。
左手《ひだりて》の小指《こゆび》に、赤《あか》い糸《いと》の先《さき》がリボン結《むす》びで結《むす》ばれている。
(ええ〜っ!? い、いつのまに……!)
いつ結《むす》ばれたのか、まったくわからなかった。
学園七不思議《がくえんななふしぎ》のひとつ、『運命《うんめい》の赤《あか》い糸《いと》』。赤《あか》い糸《いと》で結《むす》ばれた男女《だんじょ》は幸《しあわ》せになれる。
その噂《うわさ》の糸《いと》が、いま、わたしの指《ゆび》に結《むす》ばれている。
他《ほか》の人《ひと》には見《み》えていないようで、誰《だれ》も糸《いと》を気《き》にする様子《ようす》はない。
どうやらこの糸《いと》が見《み》えているのは、わたしだけみたいだ。
(この糸《いと》の先《さき》にわたしの運命《うんめい》の相手《あいて》がいる……のかな？)
そのとき、赤《あか》い糸《いと》にくんと引《ひ》っぱられた。
まるでこっちへ来《こ》いって言《い》ってるみたいに。
運命《うんめい》の相手《あいて》が引《ひ》っぱってるのかな？

（誰《だれ》なんだろう？）
御影君《みかげくん》か、虎鉄君《こてつくん》か、零士君《れいじくん》か……それとも、ぜんぜん別《べつ》の誰《だれ》かなのか？
赤《あか》い糸《いと》で結《むす》ばれた相手《あいて》はここからではわからない。
知《し》りたい――そんな願望《がんぼう》で、心《こころ》がゆさぶられる。
赤《あか》い糸《いと》をたどっていけば、運命《うんめい》の人《ひと》がわかるはずだ。
（でも……運命《うんめい》の相手《あいて》を知《し》って、それでどうするの？）
わたしはその人《ひと》と結婚《けっこん》すればいいのかな？
七不思議《ななふしぎ》が本当《ほんとう》なら、その人《ひと》と結婚《けっこん》すれば、わたしは幸《しあわ》せになれる。
でもそれって、赤《あか》い糸《いと》に決《き》めてもらうことなのかな？
（――ううん、それじゃあ駄目《だめ》だ）
他《ほか》の人《ひと》はそれでいいのだとしても。
わたしは――わたしの結婚相手《けっこんあいて》は、赤《あか》い糸《いと》にゆだねてはいけない。
（自分《じぶん》で決《き》めなきゃ）
しっかり考《かんが》えて、悩《なや》んで……そして偽《いつわ》りのない心《こころ》で。
そうじゃなきゃ、御影君《みかげくん》たちに失礼《しつれい》だ。

わたしは赤《あか》い糸《いと》を見《み》ながら、誰《だれ》に言《い》うともなくつぶやいた。

「ごめんなさい……結婚相手《けっこんあいて》は、自分《じぶん》で決《き》めますので」

そして、赤《あか》い糸《いと》の先《さき》をくんっと引《ひ》っぱった。

糸《いと》はしっかりと結《むす》ばれていたけど、するりと、リボン結《むす》びがほどけた。

ほどかれた赤《あか》い糸《いと》ははらりと落《お》ち、空中《くうちゅう》で溶《と》けるように、すうっと消《き》えてなくなった。

「リン！」

ハッと顔《かお》をあげると、御影君《みかげくん》たち3人《にん》がわたしの方《ほう》へ走《はし》ってくるのが見《み》えた。

御影君《みかげくん》がわたしの両肩《りょうかた》をつかんで、

「リン、大丈夫《だいじょうぶ》か⁉　襲《おそ》われたりしてないか⁉」

「え？　うん」

虎鉄君《こてつくん》がしゃがみこんで安堵《あんど》の息《いき》をついた。

「はぁ〜、焦《あせ》ったぜ。リンが急《きゅう》にいなくなるから。どうしてこんなとこに？」

「短冊《たんざく》が風《かぜ》で飛《と》んでいっちゃって……追《お》いかけてたら、ここに」

零士君《れいじくん》がわたしの正面《しょうめん》に立《た》って真剣《しんけん》なまなざしで言《い》った。

「リン、どうかひとりで行動《こうどう》しないでほしい。少《すく》なくとも、僕《ぼく》ら3人《にん》の誰《だれ》かと一緒《いっしょ》にいてくれないと。——心配《しんぱい》した」

3人《にん》を見《み》て、自分《じぶん》が軽《かる》はずみな行動《こうどう》をとってしまったことに気《き》がついた。

わたしは深《ふか》く頭《あたま》を下《さ》げた。

「ごめんなさい。心配《しんぱい》かけて」

「いや、無事《ぶじ》でよかった」

こんなにも心《こころ》を砕《くだ》いてくれる3人《にん》に、隠《かく》し事《ごと》はしたくない。

わたしは左手《ひだりて》の小指《こゆび》にふれながら、さっきの出来事《できごと》を話《はな》した。

「あのね……いまさっき、わたしの小指《こゆび》に赤《あか》い糸《いと》が結《むす》ばれていたの」

3人《にん》がハッとし、鋭《するど》い視線《しせん》でわたしを見《み》る。

「——それで？」

御影君《みかげくん》が前《まえ》のめりになって、わたしに問《と》いかけてきた。

「それで……リンは見《み》たのか？　赤《あか》い糸《いと》で結《むす》ばれている相手《あいて》を」

「ううん。赤《あか》い糸《いと》、ほどいちゃったから」

3人《にん》は目《め》をみはり、零士君《れいじくん》が驚《おどろ》いたように言《い》った。

「ほどいた……？」

わたしは御影君《みかげくん》たちにちゃんと伝《つた》わるように、ゆっくり話《はな》した。

気《き》がついたら、赤《あか》い糸《いと》が小指《こゆび》に結《むす》ばれていたこと。その赤《あか》い糸《いと》に引《ひ》っぱられたこと。でも、わたしは赤《あか》い糸《いと》をほどいて、そしたら糸《いと》は消《き》えてしまったこと。

「わたしは、結婚相手《けっこんあいて》は自分《じぶん》で決《き》めなきゃいけない……そう思《おも》ったから」

3人《にん》は一言《ひとこと》も言葉《ことば》をはさまず、わたしの話《はなし》を聞《き》いていた。

鋭《するど》い瞳《ひとみ》でじっとわたしを見《み》つめながら。

「えっと……ほどいたら、まずかったかな？」

不安《ふあん》になってきたとき、御影君《みかげくん》がふわっと両腕《りょううで》で抱《だ》きしめてきた。

「……うれしい」

「え？」

「俺《おれ》はリンに決《き》めてほしいから。赤《あか》い糸《いと》とか、運命《うんめい》とかじゃなく、ちゃんとリンに選《えら》ばれて結婚《けっこん》したいから……リンがそうしてくれて、うれしい」

虎鉄君《こてつくん》は爽快《そうかい》に笑《わら》いとばした。

「あっははは！　やるなぁ、リン！　赤《あか》い糸《いと》をほどく女子《じょし》なんて、リンくらいなもんじゃねえか？　いや〜、やっぱリンは最高《さいこう》だぜ」

零士君《れいじくん》もうなずいて、御影君《みかげくん》たちに同意《どうい》した。

「リン、君《きみ》の判断《はんだん》はきわめて賢明《けんめい》であったと思《おも》う。赤《あか》い糸《いと》などに惑《まど》わされず、自分《じぶん》の意志《いし》をつらぬく選択《せんたく》をしたことを、僕《ぼく》は婚約者《こんやくしゃ》としてうれしく思《おも》う」

わたしはほっと息《いき》をついて安心《あんしん》した。

赤《あか》い糸《いと》をほどいたものの、あれで良《よ》かったのか、ちょっと不安《ふあん》だった。

運命《うんめい》の相手《あいて》を知《し》りたくないと言《い》えば嘘《うそ》になるけど。

でも、御影君《みかげくん》たちがいいと言《い》ってくれるなら……わたしはこれで良《よ》かった、間違《まちが》っていなかったと思《おも》えた。


笹《ささ》の方《ほう》に戻《もど》ると、かずみちゃんが声《こえ》をはりあげながら、息《いき》せききって走《はし》ってきた。

「リンリ〜ン！　あたし……やったよ！」

「え？」

かずみちゃんは握《にぎ》りこぶしを天《てん》に突《つ》きあげて、発表《はっぴょう》した。

「青山《あおやま》かずみ、とうとうやりました！　念願《ねんがん》の彼氏《かれし》ができました〜！」

「えっ、本当《ほんとう》!?」

「ホントにホントにホントだよ！　『付《つ》き合《あ》ってください！』って言《い》ったらね、『いいよ』ってオッケーしてくれたの～！」

わたしはかずみちゃんの両手《りょうて》を握《にぎ》ってお祝《いわ》いをのべた。

「かずみちゃん、おめでと～～～！」

かずみちゃんが彼氏《かれし》を作《つく》るために、入学《にゅうがく》してからずっとがんばってきた姿《すがた》を見《み》てきた。

それが報《むく》われて、わたしもすごくうれしい。

「ありがと～！　リンリンに励《はげ》まされてさ、がんばらなきゃって思《おも》って。これってきっと、星占《ほしうらな》い部《ぶ》の笹《ささ》に短冊《たんざく》つけたから願《ねが》い事《ごと》が叶《かな》ったんだよ～！」

わたしとかずみちゃんのやりとりを遠巻《とおま》きに見《み》ていた子《こ》たちが、そろそろと近《ちか》づいてきた。

「ねえ、短冊《たんざく》をつけたら、願《ねが》い事《ごと》かなったの？」

かずみちゃんは両手《りょうて》を腰《こし》にあてて、よく通《とお》る声《こえ》で答《こた》えた。

「そうだよ！　星占《ほしうらな》い部《ぶ》の星《ほし》の短冊《たんざく》に彼氏《かれし》が欲《ほ》しいってことを書《か》いて、笹《ささ》につけさせてもらったの。そしたら昨日《きのう》、念願《ねんがん》の彼氏《かれし》ができましたー！」

おぉ～っとどよめきがあがり、女《おんな》の子《こ》たちの表情《ひょうじょう》が輝《かがや》く。

星占《ほしうらな》い部《ぶ》の短冊《たんざく》を書《か》いたら願《ねが》いが叶《かな》った——その噂《うわさ》が広《ひろ》まり、短冊希望者《たんざくきぼうしゃ》がその後《ご》もぞくぞくと現《あらわ》れた。

学園《がくえん》のメインストリートの両側《りょうがわ》に、各部《かくぶ》の笹飾《ささかざ》りが並《なら》んで立《た》てられて、星占《ほしうらな》い部《ぶ》の笹《ささ》が立《た》てられると、おぉ、と歓声《かんせい》があがった。

笹《ささ》いっぱいに結《むす》びつけられた星《ほし》の短冊《たんざく》。

風《かぜ》にゆれる短冊《たんざく》は、キラキラ瞬《またた》く星《ほし》のようで。

みんなの願《ねが》いが集《あつ》まってできた笹飾《ささかざ》りは、満天《まんてん》の星《ほし》にも負《ま》けないくらいきれいだった。

かずみちゃんが笹飾《ささかざ》りを見上《みあ》げながら歓声《かんせい》をあげた。

「おぉ〜、すごいねー！　きれ〜！　今年《ことし》は星占《ほしうらな》い部《ぶ》の笹飾《ささかざ》りが一番《いちばん》じゃない？」

「かずみちゃんがみんなに星占《ほしうらな》い部《ぶ》の短冊《たんざく》をおすすめしてくれたから、たくさん書《か》いてもらえたよ。おかげで、きれいな笹飾《ささかざ》りになったよ。ありがとう」

「お礼《れい》を言《い》うのはこっちだよ。リンリンが励《はげ》ましてくれたから、がんばって彼氏《かれし》作《つく》ろうって思《おも》ったもん。リンリンのおかげだよ〜、ホントにありがと〜」

かずみちゃんがすっかり元気《げんき》になってうれしい。

「彼氏《かれし》さんは、この学園《がくえん》の人《ひと》なの？」

「ううん。昨日《きのう》、町《まち》で初《はじ》めて会《あ》った人《ひと》だよ」

「え？　昨日初《きのうはじ》めて会《あ》った人《ひと》と、お付《つ》き合《あ》いすることになったの……？」

「うん」

初対面《しょたいめん》でいきなり彼氏彼女《かれしかのじょ》になるなんて……ちょっと展開《てんかい》が早《はや》すぎるような気《き》がするけど。わたしは恋愛事情《れんあいじじょう》にうといからよくわからないけど、そういうことってよくあるのかな？

「どうやって知《し》り合《あ》ったの？」

かずみちゃんは内緒話《ないしょばなし》をするように声《こえ》をひそめて言《い》った。

「実《じつ》はね……昨日《きのう》、『運命《うんめい》の赤《あか》い糸《いと》』が見《み》えたの」

ドキッ！　心臓《しんぞう》が跳《は》ねた。

わたしは息《いき》をのみ、かずみちゃんに問《と》い返《かえ》した。

「赤《あか》い糸《いと》……見《み》たの？」

「うん。気《き》づいたら、わたしの左手《ひだりて》の小指《こゆび》に赤《あか》い糸《いと》がリボン結《むす》びで結《むす》ばれてて。最初《さいしょ》はすっごいびっくりしたし、うっそ～!?　って思《おも》ったけど、でも本当《ほんとう》なんだよ？　信《しん》じてもらえないかもしれないけど――」

「信《しん》じるよ」

だってわたしも、この目《め》でついさっき見《み》たばかりだ。

信《しん》じてもらえたのがうれしかったのか、かずみちゃんは声《こえ》を弾《はず》ませながら話《はなし》をつづけた。

「びっくりして立《た》ってたら、赤《あか》い糸《いと》が引《ひ》っぱってくるんだよ。くいくいって。まるで来《こ》いって言《い》ってるみたいに。だからあたし、糸《いと》が引《ひ》っぱる方《ほう》へ行《い》ってみたの」

糸《いと》に引《ひ》っぱられるところも同《おな》じだ。

でもわたしは行《い》かない選択《せんたく》をしたから、その先《さき》のことは知《し》らない。

「それで……？」

「糸《いと》はずっとずうっとつづいてて、家《いえ》を出《で》て、町《まち》までのびてた。赤《あか》い糸《いと》をたどっていったらね、そこにいたの、運命《うんめい》の相手《あいて》が！　あたしに結《むす》ばれてた赤《あか》い糸《いと》が、その人《ひと》の左手《ひだりて》の小指《こゆび》に結《むす》ばれてたの。その人《ひと》がね、も〜、すっごい好《この》みのイケメンで一目《ひとめ》惚《ぼ》れしちゃって！　そしたらね、向《む》こうもあたしを見《み》て、一目《ひとめ》惚《ぼ》れしたって。それで付《つ》き合《あ》うことになったの〜！」

わたしは、ふわぁあっと声《こえ》をあげて驚嘆《きょうたん》した。

「初対面《しょたいめん》で、お互《たが》い一目《ひとめ》惚《ぼ》れだなんて……すごぉい！」

「だよね！　まさに運命《うんめい》の相手《あいて》だよ！」

かずみちゃんは幸《しあわ》せいっぱいの笑顔《えがお》で言《い》った。

「明日《あした》のスター・フェスティバルに誘《さそ》ったら、来《き》てくれるって！　そのときリンリンにも紹介《しょうかい》するね。じゃあ、明日《あした》！」

かずみちゃんは足《あし》どり軽《かる》く、スキップするみたいに去《さ》っていった。

「赤《あか》い糸《いと》で結《むす》ばれている運命《うんめい》の相手《あいて》って、本当《ほんとう》にいるんだね。すごいねえ……」

感動《かんどう》していると、零士君《れいじくん》があごに手《て》をあてながら言《い》った。

「おかしくないか？」

「え？」

「『運命《うんめい》の赤《あか》い糸《いと》』とは何《なん》なのか？　自然《しぜん》に発生《はっせい》したものとは考《かんが》えにくい。突然《とつぜん》見《み》えたり、引《ひ》っぱってきたり、ほどくと消《き》えたり……何者《なにもの》かの意図《いと》を感《かん》じる。おそらく誰《だれ》かが、何《なに》かの目的《もくてき》をもって人《ひと》と人《ひと》を赤《あか》い糸《いと》で結《むす》んだ、と考《かんが》えられる」

赤《あか》い糸《いと》を結《むす》ぶ人《ひと》……わたしは頭《あたま》に思《おも》い浮《う》かんだことを言《い》ってみた。

「縁結《えんむす》びの神様《かみさま》、とか？」

「この世界《せかい》に神《かみ》などいない」

零士君《れいじくん》の断言《だんげん》に、御影君《みかげくん》と虎鉄君《こてつくん》もうなずく。

「いるわけがねえ」

「だな」

3人《にん》の意見《いけん》が一致《いっち》しているなら、そうなんだろう。

「じゃあ、いったい誰《だれ》が……？」

わたしの疑問《ぎもん》に、零士君《れいじくん》がわかりやすく筋《すじ》を追《お》うように答《こた》えてくれた。

「青山《あおやま》かずみ、および学園《がくえん》の女子《じょし》の噂《うわさ》によると、『運命《うんめい》の赤《あか》い糸《いと》』は鳴星学園七不思議《めいせいがくえんななふしぎ》のひとつであるという。いままで見《み》てきた七不思議《ななふしぎ》は、『時計塔《とけいとう》の幽霊《ゆうれい》』『帰《かえ》れない廊下《ろうか》』のふたつ。いずれも、グールが関《かか》わっていた」

わたしはハッと息《いき》をのんだ。

最近《さいきん》グールは出《で》てこないけど、また現《あらわ》れないとは言《い》い切《き》れない。

そして何《なに》より、黒魔女《くろまじょ》のことはまだ何《なに》ひとつ解決《かいけつ》していない。

「じゃあ……赤《あか》い糸《いと》には、グールや黒魔女《くろまじょ》が関《かか》わってるってこと？」

「その可能性《かのうせい》は充分《じゅうぶん》にある」

大《おお》きな不安《ふあん》が胸《むね》にせりあがってきた。

いままでの七不思議《ななふしぎ》と同《おな》じように、もしも、グールが関《かか》わっているとしたら。

運命《うんめい》の赤《あか》い糸《いと》が、誰《だれ》かが何《なに》かの目的《もくてき》で結《むす》んだもので、もしも、それが黒魔女《くろまじょ》やグールの仕業《しわざ》だとしたら。
(かずみちゃんは、いったい誰《だれ》と結《むす》ばれたの……?)
赤《あか》い糸《いと》で結《むす》ばれた人《ひと》たちは幸《しあわ》せになれるという。
でも、その人《ひと》たちが実際《じっさい》に幸《しあわ》せになったという話《はなし》は聞《き》いたことがない。
(かずみちゃんは、本当《ほんとう》に幸《しあわ》せになれるのかな?)
ザザアアアアア……ッ!
強《つよ》い風《かぜ》が吹《ふ》いて、笹《ささ》の葉《は》や短冊《たんざく》が音《おと》をたててゆれる。
明日《あした》は7月《がつ》7日《か》。
嵐《あらし》のスター・フェスティバルが、まもなく始《はじ》まろうとしていた。

第《だい》2話《わ》

4人《にん》目《め》の悪《あく》魔《ま》

1

7月《がつ》7日《か》の空《そら》は、雲《くも》ひとつない快晴《かいせい》だった。

絶好《ぜっこう》のスター・フェスティバル日和《びより》、学園《がくえん》は大勢《おおぜい》の人《ひと》でにぎわっていて、教室《きょうしつ》のひとつを借《か》りて開《ひら》いた星占《ほしうらな》い部《ぶ》の星占《ほしうらな》いコーナーも盛況《せいきょう》だ。

勉強《べんきょう》の悩《なや》みと恋愛《れんあい》について占《うらな》いに来《き》た小学生《しょうがくせい》の女《おんな》の子《こ》ふたりの話《はなし》を聞《き》き、占《うらな》いとアドバイスをすると、すごく喜《よろこ》んでもらえた。

「ありがとうございました！　話聞《はなしき》いてもらったら、スッキリしました。なんだか元気《げんき》出《で》たし。ねえ？」

「うん！　がんばってみようかな〜って。あ、ハーブティーもとってもおいしかったです〜」

彼女《かのじょ》たちのために、わたしはスタージュエルを握《にぎ》りしめて祈《いの》る。

「星《ほし》の加護《かご》がありますように」

ふだん、学園《がくえん》は関係者以外《かんけいしゃいがい》立《た》ち入《い》り禁止《きんし》だけど、この日《ひ》は一般《いっぱん》の人《ひと》たちも入《はい》ることができる。

校門《こうもん》を入《はい》ると、学園《がくえん》を貫《つらぬ》くメインストリートに各部《かくぶ》の笹飾《ささかざ》りがズラ〜ッと並《なら》んでいて、トンネルのようになっている。きれいな飾《かざ》りや短冊《たんざく》を眺《なが》めながら進《すす》むと、その先《さき》には生徒《せいと》がやっている食《た》べ物《もの》やゲームの模擬店《もぎてん》がたくさん待《ま》っていた。

楽《たの》しめるのは、それだけじゃない。

運動部《うんどうぶ》はデモンストレーション、文化部《ぶんかぶ》は作品発表《さくひんはっぴょう》、吹奏楽部《すいそうがくぶ》や合唱部《がっしょうぶ》はステージ、演劇部《えんげきぶ》は舞台《ぶたい》などなど、それぞれの部活動《ぶかつどう》を見《み》ることができる。

わたしたち星占《ほしうらな》い部《ぶ》は、もちろん星占《ほしうらな》い。

わたしはセレナさんをまねて星占《ほしうらな》い師《し》の格好《かっこう》をして占《うらな》い結果《けっか》を告《つ》げながら、ちょっとした相談《そうだん》にものっている。

御影君《みかげくん》たちが呼《よ》びこみをしてくれたこともあって、希望者《きぼうしゃ》の行列《ぎょうれつ》がなかなか途切《とぎ》れない。

お昼《ひる》をすぎた頃《ころ》、零士君《れいじくん》が占《うらな》いの交代《こうたい》を申《もう》し出《で》てくれた。

「リン、君《きみ》もスター・フェスティバルを楽《たの》しんでくるといい。占《うらな》いは、僕《ぼく》が代《か》わりにやろう」

「わたしもやるわ！」

蘭《らん》ちゃんも手《て》をあげて立候補《りっこうほ》した。

「蘭《らん》ちゃん、いいの？　蘭《らん》ちゃんも楽《たの》しみたいんじゃ……？」

「いいのよ。見《み》たかったのはファッションショーだけで、さっき見《み》てきたし。それに、女《おんな》の子《こ》の悩《なや》みは、白《しろ》ニャンコよりも、わたしの方《ほう》がいいアドバイスできると思《おも》うわ」

頼《たよ》りになるふたりがやってくれるなら安心《あんしん》だ。

「ありがと。零士君《れいじくん》と蘭《らん》ちゃんが星占《ほしうらな》いしてくれたら、みんな、すごく喜《よろこ》ぶと思《おも》う」

御影君《みかげくん》と虎鉄君《こてつくん》がずいっと前《まえ》に出《で》てきて、

「行《い》こうリン、七夕《たなばた》デートだ！」

「リーン、一緒《いっしょ》にぐるっと回《まわ》ってこようぜ〜」

視線《しせん》をぶつけ合《あ》って火花《ひばな》を散《ち》らす。猫《ねこ》がフー！　って威嚇《いかく》し合《あ》うみたいに。

わ〜、またケンカになっちゃう〜！

すると蘭《らん》ちゃんが、両手《りょうて》を腰《こし》にあてて悪魔《あくま》ふたりに言《い》った。

「あなたたち、そうやってすぐ威嚇《いかく》し合《あ》わないの！　間《あいだ》に挟《はさ》まれるリンが困《こま》っちゃうでしょ？　ふたりでしっかりリンを守《まも》って、エスコートすること！　いいわね!?」

うぐっ、となりながら、ふたりそろってうなずいた。

「「お、おう……」」

蘭《らん》ちゃんって……ホント頼《たの》もしい。

そのときかばんの中《なか》で、スマホの着信音《ちゃくしんおん》が鳴《な》った。

着信音《ちゃくしんおん》はテレビでやっている星占《ほしうらな》いコーナーのテーマ音楽《おんがく》だ。

わたしは急《いそ》いでかばんからスマホを出《だ》し、通話《つうわ》ボタンを押《お》して、電話《でんわ》に出《で》た。

「は、はいっ」

「星《ほし》はキラメキ、恋《こい》はトキメキ！　運命《うんめい》の占《うらな》い師《し》ミス＝セレナよん☆」

いつもテレビで聞《き》いている声《こえ》が聞《き》こえてきて、わたしは思《おも》わずはしゃいでしまった。

相手《あいて》は、テレビの情報番組《じょうほうばんぐみ》で星占《ほしうらな》いコーナーをやっている凄腕《すごうで》の占星術師《せんせいじゅつし》。

「きゃ〜、セレナさん！」

「はぁ〜い、リンちゃん♪　ちょ〜っと話《はな》したいことがあるんだけど、いま大丈夫《だいじょうぶ》かしらん？」

「はい！　あの、お電話《でんわ》ありがとうございます……！　セレナさんからお電話《でんわ》いただけて、うれしいです！」

本人《ほんにん》から電話番号《でんわばんごう》やメールのアドレスを登録《とうろく》してもらったけど、なかなかこっちから連絡《れんらく》する勇気《ゆうき》が出《で》なかったから、とてもうれしい。

「やっだ〜、そんな堅苦《かたくる》しいこと言《い》って。わたしとリンちゃんの仲《なか》じゃない、遠慮《えんりょ》はナシ☆　いつでも電話《でんわ》、メール、大歓迎《だいかんげい》よん♪」

「ありがとうございますっ」

電話《でんわ》しながら、わたしは頭《あたま》を下《さ》げておじぎをする。

「で、本題《ほんだい》なんだけど。今日《きょう》の星占《ほしうらな》いで、すっごい不吉《ふきつ》な結果《けっか》が出《で》たの」

「えっ、不吉《ふきつ》……？」

わたしはスマホのスピーカーのボタンをオンにして、セレナさんの声《こえ》がみんなにも聞《き》こえるようにした。

「この地球上《ちきゅうじょう》から見《み》える星《ほし》は、小《ちい》さな点《てん》のような光《ひかり》でしかないわ。それを古代《こだい》の人《ひと》が星《ほし》をさまざまなものに見立《みた》てて、星《ほし》と星《ほし》を結《むす》んで星座《せいざ》を作《つく》ったの。それに神話《しんわ》や物語《ものがたり》が加《くわ》えられ、人《ひと》の運命《うんめい》を左右《さゆう》する守護星座《しゅごせいざ》となった」

「はい」

「星《ほし》と星《ほし》を結《むす》ぶ線《せん》——それが、すべて切《き》れると出《で》たわ」

一瞬《いっしゅん》、絶句《ぜっく》してしまった。

「線《せん》が……切《き》れる？」

「そ☆　ぜ〜んぶ、切《き》られちゃうの。ぜ〜んぶ」

わたしはごくりと唾《つば》をのみこんだ。

「それって……大変《たいへん》なことじゃないですか？」

「ものすご〜い一大事《いちだいじ》よ♪　だって線《せん》を切《き》られちゃったら星《ほし》はバラバラ、星座《せいざ》が消滅《しょうめつ》しちゃうってことだから！」

星《ほし》と星《ほし》を結《むす》ぶ線《せん》が切《き》れて、星《ほし》がバラバラになって夜空《よぞら》から消《き》える――。

そんなイメージが頭《あたま》に浮《う》かんで、ぞくっとする。

「だから、気《き》をつけてねん☆」

セレナさんはいつもの明《あか》るい口調《くちょう》で不吉《ふきつ》きわまりないことを告《つ》げて、電話《でんわ》を切《き》った。

「気《き》をつけてと言《い》われても……」

何《なに》をどう気《き》をつければいいのかな。

わからなくてオロオロしていると、虎鉄君《こてつくん》がわたしの両頬《りょうほほ》を、両手《りょうて》でむにっとつまんだ。

「こてちゅくん……？」

虎鉄君《こてつくん》はこわばったわたしの顔《かお》をほぐすようにむにむにする。

「リ〜ン、顔《かお》がこわばってるぞ〜。スマイル、スマイル」

「でも……これから世界《せかい》に大変《たいへん》なことが起《お》こるかもしれないのに……」

笑《わら》ってる場合《ばあい》じゃない気《き》がする。

でも、そんなわたしの不安《ふあん》を吹《ふ》き飛《と》ばすように、虎鉄君《こてつくん》は言《い》った。

「心配《しんぱい》してオロオロしてても、笑《わら》ってても、大変《たいへん》なことはやってくる。だったら笑《わら》ってた方《ほう》がよくね？　楽《たの》しんだもの勝《が》ちだ」

御影君《みかげくん》が、虎鉄君《こてつくん》の手《て》を打《う》ちはらって力説《りきせつ》する。

「同感《どうかん》だ。リンはなんてったって、笑顔《えがお》が一番《いちばん》かわいいからな！」

言《い》い方《かた》は違《ちが》うけど、零士君《れいじくん》の意見《いけん》も同《おな》じだった。

「緊張感《きんちょうかん》がなさすぎるのはどうかと思《おも》うが、御影《みかげ》や虎鉄《こてつ》の言《い》うことにも一理《いちり》ある。不安《ふあん》がってばかりいて萎縮《いしゅく》しては、それこそ相手《あいて》の思《おも》うつぼだ。警戒《けいかい》は必要《ひつよう》だが、必要以上《ひつよういじょう》に縮《ちぢ》こまることはない。これから何《なに》が起《お》こるのか、まだ何《なに》もわからないのだから。笑《わら》っているくらいがちょうどいい」

「そう……？」

「もし何《なに》かあったらすぐに呼《よ》んでほしい。必《かなら》ず君《きみ》のもとへ駆《か》けつける」

わたしは3人《にん》の悪魔《あくま》と婚約《こんやく》という絆《きずな》で結《むす》ばれている。

たとえ離《はな》れていても、名前《なまえ》を呼《よ》べば、どこからでも駆《か》けつけてくれる。

わたしはひとりじゃない。

そのことは、不安《ふあん》やおびえを消《け》し去《さ》るのに充分《じゅうぶん》なものだった。

「——うん。じゃ、いってきます」

見送《みおく》ってくれる零士君《れいじくん》と蘭《らん》ちゃんに、わたしは笑顔《えがお》で言《い》った。

2

スター・フェスティバルの間《あいだ》、学園《がくえん》は星《ほし》でいっぱいになる。

学園《がくえん》の生徒《せいと》もそうでない人《ひと》も、星《ほし》の形《かたち》をしたものを身《み》につけるのが恒例《こうれい》になっていて、星柄《ほしがら》のTシャツ《ティー》や大《おお》きな星《ほし》の着《き》ぐるみを着《き》ている人《ひと》もいれば、星《ほし》の帽子《ぼうし》やかぶりものをかぶったり、星《ほし》のステッキを手《て》にもっている人《ひと》もいる。

わたしは蘭《らん》ちゃんが作《つく》ってくれた星《ほし》のアクセサリーを髪《かみ》につけて、御影君《みかげくん》と虎鉄君《こてつくん》は星《ほし》のバッヂを胸元《むなもと》につけた。

パンフレットを開《ひら》くと、学園《がくえん》の見取《みと》り図《ず》に、どこにどんなお店《みせ》があるかが記《しる》されている。

食《た》べ物《もの》のお店《みせ》は、クレープやチュロス、たこ焼《や》きやかき氷《ごおり》、焼《や》き鳥《とり》やカレーなど。

体育館《たいいくかん》では、ロックバンドやお笑《わら》い、演劇《えんげき》、書道《しょどう》パフォーマンスなどのステージがあり、グラウンドではサッカーゴールゲームや巨大迷路《きょだいめいろ》などを楽《たの》しめる。

眺《なが》めているだけで、うきうきしてきた。

「目移《めうつ》りしちゃうなぁ。どうしよう〜、御影君《みかげくん》と虎鉄君《こてつくん》は、どこか行《い》きたいところある？」

「リンが行《い》きたいところなら、どこでも」

「腹減《はらへ》ったから、なんか食《く》いてー」

御影君《みかげくん》が虎鉄君《こてつくん》をにらむ。

「勝手《かって》なヤローだな。リンに合《あ》わせろよ」

「腹減《はらへ》ったから減《へ》ったって言《い》って、何《なに》が悪《わる》いんだよ？」

またにらみ合《あ》いになりそうになったとき、エプロンをした料理部《りょうりぶ》の部長《ぶちょう》さんが走《はし》ってきた。

「瓜生《うりゅう》く〰〰〰ん、いた――っ!!」

血相《けっそう》を変《か》えた料理部《りょうりぶ》の部長《ぶちょう》さんと部員《ぶいん》のみなさんが、御影君《みかげくん》に駆《か》け寄《よ》った。

「何《なに》してるの!?　時間《じかん》、もうとっくにすぎてるわよ！」

御影君《みかげくん》は眉《まゆ》をひそめた。

「何《なに》が？」

「料理部《りょうりぶ》のイベント、『瓜生御影君《うりゅうみかげくん》と一緒《いっしょ》にクッキー作《づく》り〜』よ！　もう参加者《さんかしゃ》の全員《ぜんいん》そろって待《ま》ってるんだから！」

「わたしたち全員《ぜんいん》で、彼女《かのじょ》が喜《よろこ》ぶお弁当《べんとう》のアイデアを考《かんが》えたじゃない！　その代《か》わりに、料理部《りょうりぶ》のイベント出《で》てくれるって約束《やくそく》でしょ？　早《はや》く来《き》て！」

御影君《みかげくん》はそっけなく言《い》う。

「パス。これからリンとデートだ」

「ダメよ！　肝心《かんじん》の瓜生君《うりゅうくん》がいないんじゃ意味《いみ》ないでしょ！」

「お願《ねが》い〜、御影君《みかげくん》がいないと困《こま》るの〜！」

料理部《りょうりぶ》の人《ひと》たちは本当《ほんとう》に困《こま》り果《は》てている。

わたしは御影君《みかげくん》の袖《そで》を引《ひ》っぱって言《い》った。

「御影君《みかげくん》、早《はや》く行《い》ってあげて。約束《やくそく》はちゃんと守《まも》らないとダメだよ」

「いや、でも俺《おれ》はリンとデートを……！」

「デートはまたいつでもできるでしょ？　今日《きょう》は料理部《りょうりぶ》のお手伝《てつだ》いをしてあげて」

御影君《みかげくん》がうなっていると、虎鉄君《こてつくん》がやれやれと息《いき》をつきながら言《い》った。

「行《い》ってこいよ、御影《みかげ》。リンとのデート、あとで交代《こうたい》してやっから」

「……どういう風《かぜ》の吹《ふ》き回《まわ》しだ？　何《なに》たくらんでやがる？」

御影君《みかげくん》は疑《うたが》い深《ぶか》い目《め》で、虎鉄君《こてつくん》を見《み》る。

「何《なに》もたくらんでねーよ。こんな状態《じょうたい》でデートしても、リンが料理部《りょうりぶ》のことを気《き》にして楽《たの》しめないだろうが。リンを楽《たの》しませるために、料理部《りょうりぶ》でしっかり働《はたら》いてこいっ」

御影君《みかげくん》は、それで観念《かんねん》したようだった。

「早《はや》く終《お》わらせて戻《もど》って来《く》るから！　リン、絶対《ぜったい》デートだぞ!?」

「うん、待《ま》ってるね」

御影君《みかげくん》は何度《なんど》もふり向《む》きながら、料理部《りょうりぶ》の人《ひと》たちと去《さ》っていった。

ふたりきりになって、虎鉄君《こてつくん》はさて、と言《い》って、

「どこへ行《い》きたい？」

「実《じつ》は迷《まよ》ってて……パンフレット、見《み》れば見《み》るほど目移《めうつ》りしちゃって」

「そういうことなら」

虎鉄君《こてつくん》はわたしの手《て》からパンフレットをとりあげて、にっと笑《わら》った。

「行《い》き当《あ》たりばったり、かたっぱしから回《まわ》ろうぜ」

虎鉄君《こてつくん》とお店《みせ》を回《まわ》るのは、遊園地《ゆうえんち》みたいにドキドキわくわくした。

怖《こわ》いから絶対入《ぜったいはい》らない！　と思《おも》っていたお化《ば》け屋敷《やしき》に手《て》を引《ひ》かれて入《はい》ってしまって、虎鉄君《こてつくん》が逆《ぎゃく》にお化《ば》け役《やく》の人《ひと》たちを驚《おどろ》かせたりするから、出《で》てきたときには笑《わら》ってしまっていた。

バスケットのゲームでは、わたしが投《な》げてはずしたボールが突風《とっぷう》に巻《ま》きあげられてゴールに入《はい》ってしまった。見《み》ていた人《ひと》たちの目《め》が点《てん》になっていて、風《かぜ》をおこした虎鉄君《こてつくん》とふたりで笑《わら》ったり。

買《か》ったクレープを半分《はんぶん》こして食《た》べたり、ポップコーンを歩《ある》きながら食《た》べたり、ふだんやらないことも、なぜか虎鉄君《こてつくん》と一緒《いっしょ》だと楽《たの》しくできてしまう。

「お、いい笑顔《えがお》」

歩《ある》きながら思《おも》い出《だ》し笑《わら》いしていると、虎鉄君《こてつくん》が顔《かお》をのぞきこんできて言《い》った。

「楽《たの》しんでるようでなにより」

「だって、虎鉄君《こてつくん》も楽《たの》しそうだから」

「俺《おれ》？」

「前《まえ》に、学校《がっこう》は嫌《きら》いだって言《い》ってたでしょ」

3人《にん》の悪魔《あくま》はわたしを守《まも》るために学園《がくえん》に入学《にゅうがく》してくれた。でも、虎鉄君《こてつくん》は学校《がっこう》も勉強《べんきょう》も嫌《きら》いだと言《い》って、学校《がっこう》に来《き》ていてもよく授業《じゅぎょう》をさぼっていた。

いまもときどきさぼっているけど、前《まえ》ほどひんぱんではなくなっている。

「最近《さいきん》はちょっとは楽《たの》しくなってきた？」

「ん～、前《まえ》よりはおもしろくなってきたかな。勉強《べんきょう》はくだらねーけど、生徒《せいと》たちが学園《がくえん》でわいわいバタバタしてる感《かん》じがいい。平和《へいわ》ってカンジで」

「そっか」

別《べつ》の世界《せかい》から来《き》た虎鉄君《こてつくん》に、学校《がっこう》を気《き》に入《い》ってもらえて、ちょっとうれしい。

廊下《ろうか》を歩《ある》きながら、次《つぎ》はどこへ行《い》こうかと話《はな》していたとき。

おおっ！　どよめきの声《こえ》が聞《き》こえてきた。

大勢《おおぜい》の人《ひと》が集《あつ》まっていて、人《ひと》の壁《かべ》ができている。

「なんだろう……？」

気《き》になって、人《ひと》だかりに近《ちか》づいて背伸《せの》びをしたけど、わたしには見《み》えない。

背《せ》の高《たか》い虎鉄君《こてつくん》が、壁《かべ》の向《む》こうを見《み》て教《おし》えてくれた。

「ダーツの店《みせ》だな。うまい奴《やつ》がいて、それで盛《も》りあがってるみたいだ」

「へえ」

ダーツでこんなに大勢《おおぜい》の人《ひと》を惹《ひ》きつけるなんて、すごいなぁ。
(どんな人《ひと》なんだろう？)
ちょっと興味《きょうみ》が出《で》てきて、人《ひと》と人《ひと》の隙間《すきま》を見《み》つけてのぞいてみた。
人《ひと》だかりの中心《ちゅうしん》には、黒《くろ》いパーカーを着《き》た男《おとこ》の子《こ》が、ダーツの矢《や》をもって立《た》っていた。
フードをかぶっていて顔《かお》は隠《かく》され、口元《くちもと》だけが見《み》える。
見物《けんぶつ》をしている人《ひと》たちの中《なか》で、ひときわ大《おお》きな歓声《かんせい》をあげている女《おんな》の子《こ》がいた。
「がんばってー！　刹那《せつな》くーん！」
わたしはハッとした。
(かずみちゃんだ)
刹那君《せつなくん》と呼《よ》ばれたフードの男《おとこ》の子《こ》が、かずみちゃんににっと笑《わら》いかけて言《い》う。
「俺《おれ》、狙《ねら》った獲物《えもの》ははずさないから」
(もしかして……あの男《おとこ》の子《こ》が、かずみちゃんの彼氏《かれし》なのかな？)
刹那君《せつなくん》はダーツの矢《や》をもち、狙《ねら》いを定《さだ》め、そしてシュッと放《はな》った。
スタッ！　矢《や》は、的《まと》のど真《ま》ん中《なか》に命中《めいちゅう》した。
歓声《かんせい》があがる中《なか》、もう一本《いっぽん》、また一本《いっぽん》。

景品《けいひん》がもらえる場所《ばしょ》に、正確《せいかく》に矢《や》が刺《さ》さっていく。

ダーツの店員《てんいん》の生徒《せいと》が、困《こま》りきった様子《ようす》で言《い》った。

「すみません、景品《けいひん》がなくなっちゃうので、そのへんで……」

刹那君《せつなくん》は口《くち》のはしに小《ちい》さな八重歯《やえば》をのぞかせて、ニッと笑《わら》った。

「いいよ。このへんで許《ゆる》してやるよ」

背《せ》はかずみちゃんよりも低《ひく》くて、わたしと同《おな》じくらい。

少《すこ》しつり目《め》でシャープな顔《かお》をしたかっこいい男《おとこ》の子《こ》だ。

(ちょっと、雰囲気《ふんいき》が虎鉄君《こてつくん》に似《に》てるかも)

ラフで動《うご》きやすそうな服装《ふくそう》とか、しゃべり方《かた》とか、笑《わら》い方《かた》とか。

もしも虎鉄君《こてつくん》に弟《おとうと》がいたら、きっとこんな感《かん》じだろう。

刹那君《せつなくん》は受《う》けとった景品《けいひん》の山《やま》を、かずみちゃんにごっそり渡《わた》した。

「はい。かずみにあげる」

「えっ⁉　いいの⁉」

「もちろん。かずみにあげるためにとったんだから」

かずみちゃんは頬《ほお》を紅潮《こうちょう》させ、全身《ぜんしん》からうれしいオーラをあふれさせている。

そのとき、かずみちゃんがわたしに気《き》がついた。

「あっ、リンリ〜ン！」

かずみちゃんが刹那君《せつなくん》と一緒《いっしょ》にこっちへやって来《き》た。

「紹介《しょうかい》するねっ。あたしの彼氏《かれし》、刹那君《せつなくん》だよ！」

刹那君《せつなくん》は無邪気《むじゃき》な笑顔《えがお》でにっこりした。

「どうも〜、初《はじ》めまして。刹那《せつな》でーす」

「あ、はい。初《はじ》めまして、天ケ瀬《あまがせ》リンです。よろしくお願《ねが》いします」

「リンちゃん、ね。かずみともども、どうぞよろしくっ！」

笑顔《えがお》が人《ひと》なつっこくて、明《あか》るくて楽《たの》しい感《かん》じが伝《つた》わってくる。

かずみちゃんと、とても気《き》が合《あ》いそうだ。

わたしはかずみちゃんにそっと耳打《みみう》ちした。

「よかったね、かずみちゃん。ステキな彼氏《かれし》ができて」

かずみちゃんは頬《ほお》をほんのり赤《あか》くして、照《て》れながらうなずいた。

「えへへ……うん」

赤《あか》い糸《いと》をきっかけにかずみちゃんと刹那君《せつなくん》は出会《であ》った。

ふたりがそれで幸《しあわ》せなら、問題《もんだい》はない。

(心配《しんぱい》だったけど……大丈夫《だいじょうぶ》かな)

そう思《おも》っていたとき、ふいに刹那君《せつなくん》が虎鉄君《こてつくん》に声《こえ》をかけた。

「どうも。楽《たの》しんでますか〜?」

虎鉄君《こてつくん》は無言《むごん》だった。

返事《へんじ》もせず、顔《かお》をこわばらせて、凍《こお》りついたみたいにその場《ば》に立《た》ちつくしている。

(……あれ? 虎鉄君《こてつくん》、どうしたんだろう?)

ちょっと様子《ようす》が変《へん》。

刹那君《せつなくん》がにこにこしながらわたしに聞《き》いてきた。

「ねえ、この人《ひと》って、リンちゃんの彼氏《かれし》? 付《つ》き合《あ》ってんの?」

「え? えっと……」

わたしと虎鉄君《こてつくん》は婚約者《こんやくしゃ》だ。でもそれはみんなには内緒《ないしょ》のことだし、かといって、ただクラスメートと紹介《しょうかい》するのも、ちょっと違《ちが》う気《き》がする。

なんと答《こた》えればいいか迷《まよ》っていると、突然《とつぜん》、虎鉄君《こてつくん》がわたしの手《て》をつかんだ。

「リン、行《い》こう」

「え？　きゃ!?」

虎鉄君《こてつくん》はわたしの手《て》を引《ひ》っぱって、足早《あしばや》にその場《ば》から離《はな》れていく。

ふり向《む》くと、刹那君《せつなくん》がうれしそうに笑《わら》いながら、こっちをじいっと見《み》つめていた。

3

「虎鉄君《こてつくん》……どうしたの？」

店《みせ》が並《なら》ぶ本校舎《ほんこうしゃ》の教室《きょうしつ》から離《はな》れ、人《ひと》がまばらな廊下《ろうか》で、ようやく虎鉄君《こてつくん》は足《あし》を止《と》めた。

虎鉄君《こてつくん》はふり向《む》き、いつものようにニッと笑《わら》う。

「——なんでもない。わりい。次《つぎ》はどこ行《い》こっか？」

その笑顔《えがお》が、すごく無理《むり》をしているように見《み》えた。

「待《ま》って、虎鉄君《こてつくん》。何《なに》かあったんでしょう？」

「いや別《べつ》に？　リンが楽《たの》しみにしてたスター・フェスティバルなんだから、もっと楽《たの》しまないと」

「虎鉄君《こてつくん》が楽《たの》しくないと、わたしも楽《たの》しめないよ」

虎鉄君《こてつくん》は笑顔《えがお》をくもらせてうつむく。

そしてしばらく考《かんが》えた後《あと》、ふうと重《おも》く息《いき》をついて言《い》った。

「リン、話《はな》したいことがある」

「はい」

わたしは姿勢《しせい》をぴんと正《ただ》す。

「ここじゃあ、ちょっと。場所《ばしょ》を変《か》えよう」


虎鉄君《こてつくん》に連《つ》れられて、旧校舎《きゅうこうしゃ》の近《ちか》くにある中庭《なかにわ》に来《き》た。

こぢんまりとした花壇《かだん》があり、ベンチもあって、生徒《せいと》がゆっくりできるスペースになっている。

でも本校舎《ほんこうしゃ》から離《はな》れているのであまり人《ひと》は来《こ》ないようで、わたしと虎鉄君《こてつくん》以外《いがい》、人影《ひとかげ》はなかった。

「なんか飲《の》み物《もの》買《か》ってくるから、ここで待《ま》ってて」

「うん」

虎鉄君《こてつくん》が飲《の》み物《もの》を買《か》いに行《い》き、わたしはベンチに座《すわ》った。

（なんだろう）

何《なに》があの虎鉄君《こてつくん》の笑顔《えがお》をくもらせているんだろう？

（わたしに何《なに》かできることがあるといいけど……）

そんなことを考《かん》えていたときだった。
にゃあ……猫《ねこ》の鳴《な》き声《ごえ》が聞《き》こえた。
見《み》ると、明《あか》るい茶色《ちゃいろ》の毛並《けな》みの猫《ねこ》が、ベンチの陰《かげ》からひょこっと顔《かお》を出《だ》していた。
「あ、ベンガル君《くん》」
昨日《きのう》、時計塔《とけいとう》のそばで見《み》かけた猫《ねこ》だ。
エメラルドグリーンの目《め》の色《いろ》が鮮《あざ》やかで、とてもきれいだ。
虎鉄君《こてつくん》は、学園中探《がくえんじゅうさが》したのに猫《ねこ》は見《み》つからなかったって言《い》ってたけど。
（どこかに隠《かく》れていたのかな？）
すると猫《ねこ》がとことこ歩《ある》いて近《ちか》づいてきて、わたしの足《あし》に身体《からだ》をすり寄《よ》せてきた。
（か……かわいい♡）
なんて愛想《あいそ》が良《よ》くて、人《ひと》なつっこい猫《ねこ》ちゃんなんだろう。
わたしはしゃがんでその子《こ》の頭《あたま》をなでなでする。ふと、その足《あし》を見《み》て気《き》づいた。
「爪《つめ》、すごくのびてるね。大丈夫《だいじょうぶ》？」
爪《つめ》が長《なが》くのびすぎると、欠《か》けてしまったり、肉球《にくきゅう》に刺《さ》さってしまうこともある。
実際《じっさい》、この猫《ねこ》の爪《つめ》には小《ちい》さくひびが入《はい》っていた。

「痛《いた》くない？　爪《つめ》、切《き》ったり研《と》いだりしないと、危《あぶ》ないよ？」

そのとき突然《とつぜん》、猫《ねこ》の輪郭《りんかく》がぐにゃりと崩《くず》れて、人《ひと》の姿《すがた》になった。

「……え？」

あぜんとしていると、その男《おとこ》の子《こ》が人《ひと》なつっこい声《こえ》で言《い》った。

「心配《しんぱい》してくれるんだ？　優《やさ》しいね」

刹那君《せつなくん》、だった。

驚《おどろ》きすぎてぽかんとしていると、刹那君《せつなくん》が顔《かお》をぐっと近《ちか》づけてきて、

「俺《おれ》、優《やさ》しい子《こ》って大好《だいす》き〜」

と唇《くちびる》を寄《よ》せてきた。

ファーストキスを奪《うば》われそうになったそのとき。

横《よこ》からのびてきた手《て》が刹那君《せつなくん》のあごをガシッとつかみ、すんでのところでキスをはばんだ。

虎鉄君《こてつくん》がいつになく鋭《するど》い目《め》で刹那君《せつなくん》にすごんで、

「――……おまえ、何《なに》してんだ？」

そう言《い》いながら、鋭《するど》い蹴《け》りをくりだした。

刹那君《せつなくん》は猫《ねこ》のように軽《かろ》やかにバック転《てん》して蹴《け》りをかわし、わたしから離《はな》れる。

そして口《くち》をとがらせながら言《い》った。

「だってぇ、虎鉄《こてつ》さんが冷《つめ》たいから。久《ひさ》しぶりに会《あ》えたのに、どうして知《し》らんぷりするんですか～？」

「え？」

知《し》り合《あ》いなの？

見《み》ると、虎鉄君《こてつくん》はいままで見《み》たことのない、険《けわ》しい表情《ひょうじょう》をしていた。

久《ひさ》しぶりの再会《さいかい》を喜《よろこ》ぶ感《かん》じじゃない。

「虎鉄《こてつ》さんが、俺《おれ》を無視《むし》してその子《こ》ばっかりかまってるからさ。だから、ちょっとちょっかい出《だ》しちゃおうかな～って。そしたら、俺《おれ》のこと思《おも》い出《だ》してくれるかな～って思《おも》って」

虎鉄君《こてつくん》が刹那君《せつなくん》をにらみ、わたしを背《せ》にかばいながら言《い》った。

「リン、飲《の》み物《もの》は後《あと》でな。こいつと話《はなし》がある」

猫《ねこ》になれる男《おとこ》の子《こ》、そして虎鉄君《こてつくん》の知《し》り合《あ》い、ということは――

「虎鉄君《こてつくん》、もしかして刹那君《せつなくん》って……！」

「ああ。こいつは俺《おれ》たちと同類《どうるい》――悪魔《あくま》だ」

わたしが出会《であ》った、４人目《にんめ》の悪魔《あくま》だった。

「よろしく♪」

刹那君《せつなくん》がにっこりと笑《わら》いながら、フッと横一文字《よこいちもんじ》に腕《うで》をふった。

瞬間《しゅんかん》、虎鉄君《こてつくん》がわたしを抱《かか》えて後方《こうほう》へ跳躍《ちょうやく》した。

「きゃ!?」

さっきまでいた地面《じめん》が切《き》り裂《さ》かれて、ぱっくり口《くち》を開《あ》けた。

「よせ、刹那《せつな》！」

虎鉄君《こてつくん》が声《こえ》をはりあげると、刹那君《せつなくん》は心《こころ》の底《そこ》からうれしそうに笑《わら》った。

「やっと呼《よ》んでくれましたね、俺《おれ》の名前《なまえ》」

「おまえ……何《なに》しに来《き》たんだ？」

「何《なに》って、虎鉄《こてつ》さんに会《あ》いに来《き》たに決《き》まってるじゃないですか！　ずっと、ず〜っと探《さが》してたんですよ？　魔界中《まかいじゅう》を探《さが》してもぜんぜん見《み》つからなくて。まさか人間界《にんげんかい》にいるなんて思《おも》わなかったなぁ」

虎鉄君《こてつくん》の表情《ひょうじょう》にはいつもの笑顔《えがお》がない。

こんなにはりつめた――追《お》いつめられたような虎鉄君《こてつくん》を見《み》るのは、初《はじ》めてだ。

わたしは恐《おそ》る恐《おそ》る刹那君《せつなくん》に問《と》いかけた。

「あの……虎鉄君《こてつくん》とは、どういう……？」

「虎鉄《こてつ》さんと俺《おれ》は、〝風《かぜ》〟さ」

「風《かぜ》……？」

「そう。何《なに》にもとらわれず、誰《だれ》のものにもならない、何《なに》にも属《ぞく》さない。自由《じゆう》に、気《き》がむくままに世界《せかい》を駆《か》けめぐる――そんな、同志《どうし》さ」

利那君《せつなくん》は誇《ほこ》らしげに胸《むね》をはって語《かた》る。

「虎鉄《こてつ》さんは魔界《まかい》にいたとき、『破滅《はめつ》の悪魔《あくま》』と呼《よ》ばれて恐《おそ》れられてたんだ。虎鉄《こてつ》さんがひとたび風《かぜ》を起《お》こせば、あたり一帯《いったい》が嵐《あらし》になって後《あと》には何《なに》も残《のこ》らない！ 偉《えら》そうに指図《さしず》してくる奴《やつ》も、因縁《いんねん》をつけてくる奴《やつ》も、み〜んな吹《ふ》き飛《と》ばしちゃってさ！ 虎鉄《こてつ》さんと出会《であ》ったが最後《さいご》、どんな奴《やつ》も破滅《はめつ》するしかないのさ！ ホント、かっこよかったなぁ……虎鉄《こてつ》さんは、俺《おれ》のあこがれの悪《あく》魔《ま》なんだ！」

その言葉《ことば》はまっすぐで熱《ねつ》がこもっていて、虎鉄君《こてつくん》のことをすごく尊敬《そんけい》しているんだってことが伝《つた》わってくる。

でも利那君《せつなくん》が虎鉄君《こてつくん》のことを褒《ほ》めれば褒《ほ》めるほど、虎鉄君《こてつくん》の表情《ひょうじょう》は固《かた》くなっていく。

「虎鉄《こてつ》さん、魔界《まかい》に帰《かえ》りましょうよ！ また一緒《いっしょ》に――」

「断《ことわ》る」

短《みじか》く、はっきりと虎鉄君《こてつくん》は返答《へんとう》した。

刹那君《せつなくん》は駄々《だだ》をこねるように口《くち》をとがらせる。

「え～、なんでですかぁ？」

「俺《おれ》はいまここを離《はな》れるつもりはない」

刹那君《せつなくん》はう～んと考《かんが》えて、あぁ、と言《い》いながらぽんと手《て》を打《う》った。

「そっか、なんか遊《あそ》んでる最中《さいちゅう》なんですね？　いいですよ、俺《おれ》、虎鉄《こてつ》さんの遊《あそ》びが終《お》わるまで、待《ま》ってま――」

「刹那《せつな》」

虎鉄君《こてつくん》は刹那君《せつなくん》の声《こえ》をさえぎって言《い》った。

「おまえとは行《い》かない。俺《おれ》は……あの頃《ころ》には戻《もど》りたくない」

刹那君《せつなくん》はあっけにとられたように、ぽかんとする。

やがて、その表情《ひょうじょう》からスッと笑《え》みが消《き》えた。

「俺《おれ》たちは風《かぜ》でしょう？　特定《とくてい》の場所《ばしょ》にはとどまらない。自由《じゆう》に旅《たび》をし、邪魔《じゃま》する奴《やつ》らを倒《たお》して、俺《おれ》たちの強《つよ》さを世界中《せかいじゅう》に思《おも》い知《し》らせてやるんですよね？」

「そんなふうにうそぶいて、虚勢《きょせい》をはっていただけだ。おまえといた頃《ころ》の俺《おれ》は、何《なん》の目的《もくてき》もなく、やるべきこともわからない……バカでどうしようもない悪魔《あくま》だった」

「……なんでそんなこと言《い》うんですか？」

刹那君《せつなくん》の目《め》が鋭《するど》くなった。

まるで刃物《はもの》を突《つ》きつけられたみたいにひやりとする。

笑顔《えがお》が完全《かんぜん》に消《き》えて、その下《した》から怒《いか》りをおびた悪魔《あくま》の表情《ひょうじょう》が現《あらわ》れた。

「俺《おれ》、虎鉄《こてつ》さんのこと尊敬《そんけい》してたんですよ？　虎鉄《こてつ》さんみたいになりたくて、あこがれて……ずっと追《お》いかけて、探《さが》してたのに……なんで──!!」

そのとき地面《じめん》から光《ひかり》が噴《ふ》き出《だ》した。

エメラルドグリーンの魔法陣《まほうじん》が現《あらわ》れて、その中《なか》で、刹那君《せつなくん》は黒衣《こくい》の悪魔《あくま》の姿《すがた》になった。

この世界《せかい》で悪魔《あくま》はひとりでは魔力《まりょく》を消耗《しょうもう》してしまうため、長居《ながい》ができず、使《つか》える魔力《まりょく》にも限界《げんかい》がある。だから魔女《まじょ》との契約《けいやく》が不可欠《ふかけつ》だ。

虎鉄君《こてつくん》が驚《おどろ》きをあらわに叫《さけ》んだ。

「刹那《せつな》、おまえ……魔女《まじょ》と契約《けいやく》したのか!?」

「ええ、まあ。そんなことより、教《おし》えてくださいよ、なんでそんなふうになっちゃったんですか？」

虎鉄君《こてつくん》はわたしを抱《かか》えたまま後《あと》ずさり、踵《きびす》を返《かえ》して走《はし》り出《だ》した。

「リン、逃《に》げるぞ！」

「逃《に》がしませんよ」

刹那君《せつなくん》が手刀《しゅとう》をふった瞬間《しゅんかん》、虎鉄君《こてつくん》の足《あし》から血《ち》が噴《ふ》き出《だ》した。

「ぐ……っ！」

「虎鉄君《こてつくん》！」

ふくらはぎを切《き》られて、虎鉄君《こてつくん》は地面《じめん》に膝《ひざ》をついた。片腕《かたうで》でわたしを抱《だ》いて、もう片方《かたほう》の腕《うで》で風《かぜ》をおこして刹那君《せつなくん》に放《はな》つ。

しかしその風《かぜ》を、刹那君《せつなくん》はいとも簡単《かんたん》に切《き》り裂《さ》いて消《け》してしまう。

何度《なんど》やっても切《き》り消《け》された。

「虎鉄《こてつ》さんらしくないなぁ、逃《に》げるなんて。ホントにどうしちゃったんですか？　それじゃあ、牙《きば》をぬかれた悪魔《あくま》……いや、ただの猫《ねこ》だ」

たぶん虎鉄君《こてつくん》ひとりなら、戦《たたか》うなり逃《に》げるなりできるはずだ。

でもわたしをかばっているからそれができない。

刹那君《せつなくん》は冷《ひ》ややかに見《み》ながら近《ちか》づいてきて、

「虎鉄《こてつ》さんの力《ちから》はそんなもんじゃないでしょう？　ねえ、早《はや》く本気《ほんき》を出《だ》してくださいよ。出《だ》さないと……死《し》んじゃいますよ？」

虎鉄君《こてつくん》に向《む》かって手刀《しゅとう》を構《かま》えた。

わたしは胸元《むなもと》のスタージュエルを握《にぎ》って、呼《よ》んだ。

「御影《みかげ》く――――――――ん！」

虎鉄君《こてつくん》がハッとして叫《さけ》ぶ。

「リン、ダメだ！　あいつらを呼《よ》ぶな――！」

その忠告《ちゅうこく》を聞《き》くのとほぼ同時《どうじ》に、わたしは声《こえ》をはりあげた。

「零士《れいじ》く――――――――ん！」

わたしの声《こえ》が響《ひび》いて、わたしの両手《りょうて》に、現《あらわ》れたふたりの悪魔《あくま》の手《て》が重《かさ》なった。

4

炎《ほのお》をまとった御影君《みかげくん》の首《くび》には、赤《あか》く光《ひか》る石《いし》がついたチョーカーがある。

青白《あおじろ》い冷気《れいき》をまとった零士君《れいじくん》の左手《ひだりて》には、指輪《ゆびわ》が淡《あわ》いブルーに光《ひか》る。

ふたりはわたしをかばい立《た》った。

御影君《みかげくん》が、ケガを負《お》ってうずくまった虎鉄君《こてつくん》を見《み》て、ふっと笑《わら》った。

「なんだそのざまは？　みっともねーなー」

虎鉄君《こてつくん》は呼吸《こきゅう》を荒《あら》らげ、痛《いた》みをこらえながら言《い》い返《かえ》す。

「う……うっせー！」

御影君《みかげくん》はふんと顔《かお》をそむけて、ぼそりと言《い》う。

「まぁ、リンを無傷《むきず》で守《まも》ったのは、褒《ほ》めてやるけどよ」

「おまえたち、くだらない言《い》い合《あ》いは後《あと》にしろ。──メディシアングラン」

零士君《れいじくん》が治療魔法《ちりょうまほう》で虎鉄君《こてつくん》の傷《きず》をきれいに治《なお》して、刹那君《せつなくん》に鋭《するど》い目《め》を向《む》ける。

「虎鉄《こてつ》をやったのはおまえだな？　何者《なにもの》だ？」

「あんたたちこそ何《なに》？　虎鉄《こてつ》さんの何《なん》なわけ？」

御影君《みかげくん》はくわっと牙《きば》をむいて叫《さけ》ぶ。

「宿敵《しゅくてき》だ！」

零士君《れいじくん》は冷静《れいせい》に淡々《たんたん》とのべる。

「かつては魔法学園《まほうがくえん》の同期《どうき》であり、現在《げんざい》は結婚《けっこん》を争《あらそ》うライバル……くされ縁《えん》だな」

利那君《せつなくん》がじいっとわたしたちを見《み》て、不機嫌《ふきげん》に言《い》った。

「ふぅん、白魔女《しろまじょ》が3人《にん》の悪魔《あくま》と婚約《こんやく》してるって聞《き》いたけど、本当《ほんとう》なんだ。なんで虎鉄《こてつ》さんがあんたたちなんかと……」

零士君《れいじくん》が眉《まゆ》をひそめた。

「なぜおまえが婚約《こんやく》のことを知《し》っている？　誰《だれ》から聞《き》いた？」

「知《し》りたい？　絶対教《ぜったいおし》えなーい！」

御影君《みかげくん》がカチンときたらしく、虎鉄君《こてつくん》に怒鳴《どな》った。

「おい、こいつ、おまえに似《に》てないか⁉　すっげー憎《にく》たらしいぞ！」

零士君《れいじくん》が刹那君《せつなくん》に問《と》いかける。

「虎鉄《こてつ》の旧知《きゅうち》の悪魔《あくま》か。何《なに》をしにここへ？」

「あんたには関係《かんけい》ないし」

3人《にん》の悪魔《あくま》の目線《めせん》が交差《こうさ》して、緊迫《きんぱく》で空気《くうき》がはりつめる。

「あ、あの！」

わたしは双方《そうほう》の間《あいだ》に入《はい》った。

悪魔《あくま》の刹那君《せつなくん》のことももちろん気《き》になるけど、もうひとつ、すごく気《き》になることがある。

「あの……刹那君《せつなくん》は、かずみちゃんとお付《つ》き合《あ》いしてるんですよね？」

「してるよ」

「本気《ほんき》のお付《つ》き合《あ》い、なんですか？」

刹那君《せつなくん》は首《くび》をかしげて、きょとんとした様子《ようす》で言《い》った。

「本気《ほんき》のお付《つ》き合《あ》いって、何《なに》？」

その反応《はんのう》に驚《おどろ》いた。

からかうとか、ごまかすとかいうことではなく、本当《ほんとう》にわからないという感《かん》じだ。

「かずみが『付《つ》き合《あ》ってください』って言《い》うから、いいよって言《い》った。それだけだよ」

「かずみちゃんと……これから、どうするつもりですか？」

「さあ？　そんなの別《べつ》にどうでもいいじゃん。だって——どうせ、切《き》れるんだし」

切《き》れる？

それって、どういう意味《いみ》？

そのときだった。

「刹那《せつな》く〜ん！　いた〜！」

かずみちゃんが走《はし》ってきて、刹那君《せつなくん》に駆《か》け寄《よ》った。

「探《さが》したんだよ、急《きゅう》にいなくなるから。……え？」

かずみちゃんの顔《かお》がこわばった。

刹那君《せつなくん》は悪魔《あくま》の目《め》を爛々《らんらん》とさせながら、かずみちゃんに冷《ひ》ややかに言《い》い放《はな》つ。

「かずみ、そこ邪魔《じゃま》だから、どいてくれる？　まだ虎鉄《こてつ》さんとの話《はなし》が終《お》わってないからさ」

悪魔《あくま》の目《め》を見《み》て、かずみちゃんはビクッとした。

「刹那君《せつなくん》、その目《め》……何《なに》？」

「かずみには関係《かんけい》ない」

冷《つめ》たい言《い》い方《かた》に、かずみちゃんは傷《きず》ついた表情《ひょうじょう》になる。

「関係《かんけい》ないって……なんで？　あたしたち、付《つ》き合《あ》ってるんだよね？　なのに関係《かんけい》ないって、どういうこと⁉」

「るっさいなぁ」

刹那君《せつなくん》が不快《ふかい》そうに顔《かお》をしかめて、突《つ》き飛《と》ばすように言《い》った。

「おまえ、もういいや」

そして手《て》のひらをかずみちゃんに向《む》け、呪文《じゅもん》を唱《とな》える。

「ハーティアンコード！」

その呪文《じゅもん》に引《ひ》き出《だ》されるように、かずみちゃんの胸元《むなもと》に1本《ぽん》の黒《くろ》い糸《いと》が現《あらわ》れた。その糸《いと》は刹那《せつな》君《くん》の方《ほう》に向《む》かってのびている。

刹那君《せつなくん》は猫《ねこ》が引《ひ》っこめていた爪《つめ》をにょきって出《だ》すみたいに、指先《ゆびさき》の爪《つめ》を瞬時《しゅんじ》にナイフに変《か》えて、それをかずみちゃんの糸《いと》に向《む》かって投《な》げた。

ぷつりと小《ちい》さな音《おと》がして、糸《いと》が切断《せつだん》される。

するとかずみちゃんが崩《くず》れるようにして倒《たお》れた。

「か……かずみちゃぁん！」

わたしは駆《か》け寄《よ》って、かずみちゃんの身体《からだ》をゆさぶりながら大声《おおごえ》で呼《よ》びかけた。

「しっかりして！　かずみちゃん、しっかり――――！」

するとかずみちゃんはがばっと上半身《じょうはんしん》を起《お》こして、

「あたしの彼氏《かれし》……どこにいるの～～～～!?」

そう叫《さけ》んで、またばったり横《よこ》たわった。

すーすー気持《きも》ち良《よ》さそうに寝息《ねいき》をたてている。

（あれ？　もしかして……寝《ね》てる？）

いまのは寝言《ねごと》で、彼氏《かれし》を探《さが》す夢《ゆめ》を見《み》ているみたいだ。

かずみちゃんはケガもなく、ただ眠《ねむ》っているだけだった。

さっき糸《いと》のようなものが切《き》られたけど、特《とく》にケガも痛《いた》みもないらしい。

（あの糸《いと》は、なんだったの？）

そのとき、胸元《むなもと》のスタージュエルがチカチカと光《ひか》りだした。本校舎《ほんこうしゃ》の方《ほう》を見《み》ると、空《そら》に何《なに》かがたくさん飛《と》んでいるのが見《み》えた。

黒《くろ》いコウモリのようなものが羽《はね》をパタパタさせ、こっちに向《む》かって飛《と》んでくる。

「あれは……グール！」

みんなの願《ねが》いが書《か》かれたたくさんの短冊《たんざく》……それが無数《むすう》のグールとなって向《む》かってきた。

零士君《れいじくん》はそれを見上《みあ》げながら冷静《れいせい》に、

「やはり。なりをひそめていただけで、グールは消《き》えてはいなかったか」

御影君《みかげくん》もまったくひるむ様子《ようす》もなく、

「はっ、こりねえ奴《やつ》らだ。一網打尽《いちもうだじん》にしてやる」

ふたりは魔力《まりょく》をみなぎらせて身構《みがま》える。

虎鉄君《こてつくん》がふたりに向《む》かって叫《さけ》んだ。

「御影《みかげ》！　零士《れいじ》！　逃《に》げろっっ！」

ふたりは不審《ふしん》げに虎鉄君《こてつくん》を見《み》る。

「あ？　なに言《い》ってんだ？」

「僕《ぼく》らがグールに遅《おく》れをとるとでも？」

「違《ちが》う、グールじゃねえ！　刹那《せつな》だ！　刹那《せつな》の能力《のうりょく》は、『切断《せつだん》』だ！」

虎鉄君《こてつくん》の言葉《ことば》を受《う》けるように、刹那君《せつなくん》は爪《つめ》からナイフを2本出《ほんだ》し、お手玉《てだま》のように投《な》げて遊《あそ》ぶ。

「そう、俺《おれ》の能力《のうりょく》は切断《せつだん》さ。グールをかわしながら、俺《おれ》の攻撃《こうげき》をかわせるかな？」

零士君《れいじくん》と御影君《みかげくん》が立《た》ち並《なら》んで、魔力《まりょく》をみなぎらせて刹那君《せつなくん》と対峙《たいじ》した。

「造作《ぞうさ》もないこと」

「おまえ、俺《おれ》ら悪魔《あくま》3人《にん》を相手《あいて》に勝《か》てると思《おも》ってんのか？」

「余裕《よゆう》さ。だって何人《なんにん》いようと、俺《おれ》がバラバラに切《き》っちゃうから」

刹那君《せつなくん》はふたりにバッと手《て》のひらを向《む》けて、呪文《じゅもん》を唱《とな》えた。

「ハーティアンコード！」

また黒《くろ》い糸《いと》が現《あらわ》れた。

御影君《みかげくん》と零士君《れいじくん》の胸元《むなもと》から黒《くろ》い糸《いと》がのびて、虎鉄君《こてつくん》とつながっている。ふたりとも糸《いと》が見《み》えないみたいで、糸《いと》を気《き》にとめる様子《ようす》はない。

刹那君《せつなくん》が2本《ほん》のナイフを構《かま》え、その糸《いと》に狙《ねら》いを定《さだ》める。

虎鉄君《こてつくん》が叫《さけ》んだ。

「やめろ――っ！」

「切《き》れちゃえ」

刹那君《せつなくん》がナイフを投《な》げた。

ダーツの矢《や》を的《まと》に当《あ》てるように、ナイフの切《き》っ先《さき》が正確《せいかく》に細《ほそ》い糸《いと》をとらえた。

プツッ。

小《ちい》さな音《おと》がして、２本《ほん》の糸《いと》が切《き》れた。

切《き》れただけで、ふたりはかずみちゃんのように倒《たお》れることなく、その場《ば》に立《た》っている。

「御影《みかげ》！　零士《れいじ》！」

虎鉄君《こてつくん》が叫《さけ》ぶと、御影君《みかげくん》がこちらを見《み》て、不快《ふかい》げに顔《かお》をしかめた。

「おまえ……誰《だれ》だ？」

5

最初《さいしょ》、その言葉《ことば》の意味《いみ》がよくわからなかった。

え？　虎鉄君《こてつくん》に向《む》かって、誰《だれ》だ？　って——どういうこと？

「俺《おれ》のリンにさわんじゃねえ！」

御影君《みかげくん》が怒鳴《どな》り、炎《ほのお》の弾《たま》を投《な》げてきた。

「えっ!?」

虎鉄君《こてつくん》がとっさにわたしをお姫様抱《ひめさまだ》っこしながら跳躍《ちょうやく》してかわしたけど、着地《ちゃくち》したところに零《れい》士君《じくん》が待《ま》ちかまえていて冷《ひ》ややかに言《い》った。

「リンは僕《ぼく》の婚約者《こんやくしゃ》だ。どこの悪魔《あくま》か知《し》らないが、返《かえ》してもらおう」

容赦《ようしゃ》のない冷気《れいき》の攻撃《こうげき》を放《はな》ってきた。

虎鉄君《こてつくん》はわたしを抱《かか》えたまま後退《こうたい》してかわす。

「御影君《みかげくん》、零士君《れいじくん》、やめて！　どうしちゃったの？　虎鉄君《こてつくん》だよ!?」

御影君《みかげくん》は眉《まゆ》をひそめて言《い》った。

「そんな奴《やつ》、知《し》らない」

「貴様《きさま》、僕《ぼく》の婚約者《こんやくしゃ》から離《はな》れろ」

ふたりは虎鉄君《こてつくん》に向《む》かって、次々《つぎつぎ》と攻撃《こうげき》を放《はな》つ。

「くっ……！」

虎鉄君《こてつくん》はわたしを置《お》いて、ふたりの攻撃《こうげき》を引《ひ》きつけながら駆《か》け出《だ》した。

「どうして……？　どういうこと？」

刹那君《せつなくん》が音《おと》もなくわたしの背後《はいご》に来《き》てささやいた。

「絆《きずな》が切《き》れたんだよ」

「え？」

「縁《えん》があって誰《だれ》かと出会《であ》う。そして仲良《なかよ》くなっていくと絆《きずな》ができる。絆《きずな》っていうのは糸《いと》みたいなもので、俺《おれ》はそれを切《き》ることができるんだ」

さっき見《み》えた胸《むね》から出《で》ている糸《いと》。

それは絆《きずな》という糸《いと》らしい。

「絆《きずな》が切《き》れると……どうなるの？」

「赤《あか》の他人《たにん》になっちゃうんだよ。親子《おやこ》でも兄弟《きょうだい》でも、夫婦《ふうふ》でも友達《ともだち》でも、絆《きずな》が切《き》れたら相手《あいて》のことをきれいさっぱり忘《わす》れて、出会《であ》ったこともなかったことになる」

わたしは言葉《ことば》を失《うしな》った。

動《うご》けないでいるわたしに、刹那君《せつなくん》は言《い》い放《はな》った。

「虎鉄《こてつ》さんは俺《おれ》と魔界《まかい》へ帰《かえ》るんだ。他《ほか》の奴《やつ》とのつながりなんて、いらない」

炎《ほのお》と氷《こおり》のパワーを受《う》けて虎鉄君《こてつくん》がふっとばされてきた。

「が……っ！」

わたしはあわてて、虎鉄君《こてつくん》に駆《か》け寄《よ》った。

「虎鉄君《こてつくん》！」

助《たす》け起《お》こそうとしていると、御影君《みかげくん》と零士君《れいじくん》がわたしに言《い》う。

「リン、そいつから離《はな》れろ」

「さあ、こちらへ」

じりっとせまり、虎鉄君《こてつくん》にさらなる攻撃《こうげき》をしようとしている。目《め》が本気《ほんき》だ。

「あ、やべ。虎鉄《こてつ》さんがピンチじゃん。えーっと……そうだ」

刹那君《せつなくん》は再《ふた》び２本《ほん》のナイフを持《も》った。

「ハーティアンコード」

先《さき》ほどとは別《べつ》の黒《くろ》い糸《いと》が見《み》えた。

御影君《みかげくん》とわたしをつなぐ糸《いと》と、零士君《れいじくん》とわたしをつなぐ糸《いと》。

「こうすればいいんだ」

刹那君《せつなくん》がナイフを２本同時《ほんどうじ》に投《な》げて、それぞれの糸《いと》を切《き》った。

瞬間《しゅんかん》、御影君《みかげくん》の瞳《ひとみ》から炎《ほのお》が消《き》えた。

御影君《みかげくん》は攻撃《こうげき》をやめて、放心状態《ほうしんじょうたい》で立《た》ち尽《つ》くしている。

「御影君《みかげくん》……？　御影君《みかげくん》！」

いくら呼《よ》んでも、こちらを見《み》ようともしない。

「零士君《れいじくん》！」

呼《よ》びかけると、零士君《れいじくん》は不審《ふしん》をあらわに問《と》いかけてきた。

「……なぜ僕《ぼく》の名《な》を？　君《きみ》は誰《だれ》だ？」

頭《あたま》を思《おも》いっきり叩《たた》かれたみたいなショックに襲《おそ》われた。

御影君《みかげくん》も……零士君《れいじくん》も……ふたりとも、わたしのことを忘《わす》れてしまった。

「そんな……こんなことって……！」

いままで築《きず》いてきたみんなとの絆《きずな》がこうもあっさりと切《き》られ、なかったものにされてしまうなんて。

上空《じょうくう》を飛《と》んでいた無数《むすう》の短冊《たんざく》グールが降下《こうか》してきて、御影君《みかげくん》と零士君《れいじくん》をとり囲《かこ》みはじめた。

ふたりは抵抗《ていこう》することなく、群《むら》がるグールに身《み》を任《まか》せる。

まるで悪魔《あくま》が闇《やみ》へ帰《かえ》っていくように。

「御影君《みかげくん》！　零士君《れいじくん》！」

ふたりはこっちを見《み》ることもなく、グールの群《む》れと共《とも》にかき消《き》えてしまった。

虎鉄君《こてつくん》が怒鳴《どな》った。

「刹那《せつな》、あいつらをどこへやった⁉」

「さあ？　あんな奴《やつ》ら、どうでもいいじゃないですか。虎鉄《こてつ》さんには俺《おれ》がいます。また一緒《いっしょ》に
――」

「行《い》かねえっつっただろ！」

一瞬《いっしゅん》、刹那君《せつなくん》の目《め》がゆれた。どこか、悲《かな》しげな色《いろ》をたたえて。

でもすぐに悪魔《あくま》の目《め》に戻《もど》って、

「俺《おれ》、ずっと見《み》てたんですよ。虎鉄《こてつ》さん、何《なに》して遊《あそ》んでるのかな～？　って。のんきに笑《わら》っちゃって、ぜんぜんらしくないですよ。虎鉄《こてつ》さんがそうなったのって……その子《こ》のせいですか？」

エメラルドグリーンの瞳《ひとみ》が、狙《ねら》いを定《さだ》めるように、わたしをひたりと見《み》た。

虎鉄君《こてつくん》がわたしを背《せ》にかばって叫《さけ》ぶ。

「違《ちが》う！」

「虎鉄《こてつ》さんは、特定《とくてい》の誰《だれ》かを守《まも》ったりなんかしなかった……やっぱり、その子《こ》が原因《げんいん》ですね」

刹那君《せつなくん》がギラリとした目《め》でわたしを見《み》て、爪《つめ》のナイフを握《にぎ》りしめた。

「その絆《きずな》、切断《せつだん》しないと」

そのときだった。

「ガアアアアアアアアアアアアアアァァァ――――ッ!!」

虎鉄君《こてつくん》が吠《ほ》えると同時《どうじ》に、暴風《ぼうふう》が起《お》こった。

荒《あ》れ狂《くる》うような風《かぜ》がわたしたちのまわりに吹《ふ》きまき、砂塵《さじん》が舞《ま》い、刹那君《せつなくん》の姿《すがた》も、何《なに》も見《み》えなくなった。

「ガアアアアア！　アアア――――ッ!!」

吹《ふ》き荒《あ》れる風《かぜ》の中心《ちゅうしん》で、風《かぜ》の悪魔《あくま》が金色《きんいろ》に輝《かがや》く目《め》をつり上《あ》げ、獣《けもの》のように地面《じめん》をかきむしるように爪《つめ》を立《た》てて、牙《きば》をむき出《だ》しにして吠《ほ》えている。

強風《きょうふう》が木《き》の枝《えだ》をへし折《お》り、花壇《かだん》のレンガまで巻《ま》き上《あ》げて飛《と》ばした。

風《かぜ》はおさまる気配《けはい》はなく、どんどん強《つよ》くなっていく。

このままいけば、あたり一帯《いったい》、学園全体《がくえんぜんたい》も風《かぜ》に破壊《はかい》されてしまいそうな勢《いきお》いだ。

「虎鉄君《こてつくん》！」

わたしは吹《ふ》き飛《と》ばされそうになりながら、虎鉄君《こてつくん》の腕《うで》にしがみついて呼《よ》びかけた。

虎鉄君《こてつくん》がハッと私《わたし》を見《み》た。こわばった顔《かお》が青《あお》ざめている。

「虎鉄君《こてつくん》……大丈夫《だいじょうぶ》？」

虎鉄君《こてつくん》は答《こた》えず、フーフーと荒《あら》い呼吸《こきゅう》をして苦《くる》しそうに顔《かお》をゆがめている。

「どこか苦《くる》しいの？」

獣《けもの》が吠《ほ》えるように虎鉄君《こてつくん》は怒鳴《どな》った。

「ムカついてんだよ!!　絆《きずな》を切《き》っちまう刹那《せつな》に！　わかっていたのに止《と》められなかった自分《じぶん》に!!」

虎鉄君《こてつくん》が怒《いか》りを叩《たた》きつけるように地面《じめん》に拳《こぶし》を打《う》ちつけて、声《こえ》を震《ふる》わせながらつぶやいた。

「刹那《せつな》に切《き》られた絆《きずな》は、元《もと》には戻《もど》らない……戻《もど》す方法《ほうほう》はないんだ――！」

「そんな……」

ショックで言葉《ことば》が出《で》てこなかった。

御影君《みかげくん》とも……零士君《れいじくん》とも……もう元《もと》のようにはなれない。完全《かんぜん》に切《き》れてしまったんだ。

虎鉄君《こてつくん》は地面《じめん》に顔《かお》を突《つ》っ伏《ぷ》して、地面《じめん》に爪《つめ》を立《た》てた。

「だから……もう、あいつらとは……もう……叶《かな》わない……！」

風《かぜ》にかき消《き》えてしまいそうな言葉《ことば》を聞《き》いて、わたしは虎鉄君《こてつくん》に星《ほし》の短冊《たんざく》を渡《わた》したときのことを思《おも》い出《だ》した。

「もしかして、虎鉄君《こてつくん》の願《ねが》い事《ごと》って、御影君《みかげくん》と零士君《れいじくん》とのこと……？」

虎鉄君《こてつくん》は呼吸《こきゅう》を荒《あら》らげながら、心《こころ》に秘《ひ》めていた想《おも》いを吐《は》きだすように告白《こくはく》した。

「俺《おれ》はずっと、誰《だれ》ともつながれないと思《おも》ってた……どいつもこいつも破滅《はめつ》の悪魔《あくま》を恐《おそ》れて逃《に》げていくから……刹那《せつな》に切《き》られて困《こま》るような絆《きずな》なんて、ひとつもなかったんだ。でも、御影《みかげ》と零士《れいじ》は違《ちが》った。あいつらは俺《おれ》の力《ちから》を恐《おそ》れるどころか、破滅《はめつ》がなんだって平気《へいき》な顔《かお》して……一緒《いっしょ》に、リンの婚約者《こんやくしゃ》になった」

そのときの光景《こうけい》を思《おも》い出《だ》した。

わたしが13歳《さい》の誕生日《たんじょうび》を迎《むか》えてグールに教《おそ》われた日《ひ》、御影君《みかげくん》と、虎鉄君《こてつくん》と、零士君《れいじくん》、３人《にん》で守《まも》ってくれた。

力《ちから》を合《あ》わせて。

「あいつらとはフツーに一緒《いっしょ》にいられるんだ……ライバルなのに……リンをとり合《あ》いながら、フツーに喧嘩《けんか》したり、フツーにバカやって笑《わら》ったり、当《あ》たり前《まえ》みたいに一緒《いっしょ》に戦《たたか》える……そんな奴《やつ》ら、いままでいなかったから……リンやあいつらと出会《であ》ったことは、俺《おれ》には奇跡《きせき》だった」

胸《むね》がトクンと鳴《な》った。

出会《であ》いは奇跡《きせき》。

虎鉄君《こてつくん》もわたしと同《おな》じように考《かん》がえていたなんて、うれしい。

「わかってたんだ、こんな奇跡《きせき》は長《なが》くはつづかないって……でも願《ねが》っちまった。いまが長《なが》くつづけばって……つづいて欲《ほ》しいって……願《ねが》ったって、無駄《むだ》なのに！」

虎鉄君《こてつくん》の願《ねが》い事《ごと》は、想像以上《そうぞういじょう》に温《あたた》かいものだった。

願《ねが》いが破《やぶ》れて、虎鉄君《こてつくん》は激《はげ》しく怒《おこ》っている。

破滅《はめつ》の悪魔《あくま》と恐《おそ》れられた悪魔《あくま》が、友達《ともだち》との絆《きずな》を切《き》られたことを深《ふか》く悲《かな》しんでいる。

その姿《すがた》が、とてもいとおしいと思《おも》った。

わたしは虎鉄君《こてつくん》の手《て》に手《て》を重《かさ》ねて言《い》った。

「無駄《むだ》じゃないよ。願《ねが》っていいんだよ。だってどんなことも、願《ねが》うところからはじまるんだから」

七夕《たなばた》の短冊《たんざく》に願《ねが》い事《ごと》を書《か》くのは、願《ねが》いを叶《かな》えるための第一歩《だいいっぽ》だ。

わたしは虎鉄君《こてつくん》の手《て》をとって、ぎゅっと握《にぎ》った。

「絆《きずな》をつなぐ方法《ほうほう》は、あるよ」

「え？」

「御影君《みかげくん》と零士君《れいじくん》を探《さが》して、出会《であ》うところからはじめるの。そしてもう一度《いちど》、仲良《なかよ》くなれるようにがんばろうよ」

強風《きょうふう》が少《すこ》しゆるんだ。

虎鉄君《こてつくん》はあぜんとした顔《かお》でわたしを見《み》つめる。

「仲良《なかよ》くって……どうやって？」

「御影君《みかげくん》は雨《あめ》が苦手《にがて》だから、雨《あめ》の日《ひ》はぐったりしてると思《おも》うの。だから傘《かさ》を貸《か》したり、あ、お部屋《へや》で一緒《いっしょ》に紅茶《こうちゃ》を飲《の》みながら、トランプとかするのもいいかも。零士君《れいじくん》は本《ほん》が好《す》きだから、きっかけは本《ほん》がいいと思《おも》う。この前《まえ》ね、小説《しょうせつ》が好《す》きだって聞《き》いたの。だから、おもしろい小説《しょうせつ》を紹介《しょうかい》したり、その感想《かんそう》を聞《き》いたりすれば、わたしたちに興味《きょうみ》をもってくれると思《おも》うんだ。そんなふうにしていけば、また仲良《なかよ》くなれると思《おも》う」

虎鉄君《こてつくん》は目《め》を丸《まる》くして、わたしをじっと見《み》つめている。

やがてつぶやいた。

「出会《であ》うところからはじめる、か……思《おも》いつきもしなかったな、そんな方法《ほうほう》」

「御影君《みかげくん》とも、零士君《れいじくん》とも、一度《いちど》は友達《ともだち》になれたんだもん。きっとまたなれるよ」

「……あいつらが聞《き》いたら言《い》うだろうな、『誰《だれ》が友達《ともだち》だ！』とか『悪魔《あくま》に友達《ともだち》などいない』とか」

虎鉄君《こてつくん》がふっと小《ちい》さく笑《わら》った。

「あ、やっと笑《わら》った」

「え？」

「わたし、虎鉄君《こてつくん》の笑顔《えがお》が好《す》き」

虎鉄君《こてつくん》はハッとわたしを見《み》て、そして頬《ほお》をほんのり赤《あか》らめた。

「……マジで？」

「うん。わたしは昔《むかし》の虎鉄君《こてつくん》のことはよく知《し》らないけど、笑《わら》ってるのが虎鉄君《こてつくん》らしいなぁって思うよ。心配《しんぱい》してても、笑《わら》ってても、大変《たいへん》なことはやってくる。だったら笑《わら》ってた方《ほう》がいい、楽《たの》しんだもの勝《が》ち——でしょ？」

それは虎鉄君《こてつくん》から教《おそ》わったことだ。

虎鉄君《こてつくん》が苦笑《くしょう》した。

「言《い》い返《かえ》されてちゃ世話《せわ》ねえな。まったくしょうがねえな、俺《おれ》は」

虎鉄君《こてつくん》がわたしの両手《りょうて》をとって、自分《じぶん》の頬《ほお》にあてた。

「ごめんな。俺《おれ》がリンを守《まも》らなきゃならないのに……弱気《よわき》になっちまって、情《なさ》けねえ」

「ぜんぜん。虎鉄君《こてつくん》の力《ちから》になれたならうれしい。困《こま》ったときに助《たす》け合《あ》うのが夫婦《ふうふ》だと思《おも》うし」

虎鉄君《こてつくん》はさらに表情《ひょうじょう》をやわらげて言《い》った。

「カルラにもそう言《い》われた」

お母《かあ》さんの名前《なまえ》が出《で》てきて、わたしはハッとした。

「困《こま》ったときやつらいときに支《ささ》え合《あ》うのが夫婦《ふうふ》だって。誰《だれ》かを好《す》きになると毎日《まいにち》が楽《たの》しくなるって。それ聞《き》いて、なんか、いいなぁって思《おも》ったんだ。俺《おれ》にもそういう相手《あいて》がいたらって……破滅《はめつ》させるんじゃなく、誰《だれ》かを守《まも》るためにこの力《ちから》を使《つか》えたらって……」

虎鉄君《こてつくん》はわたしの両手《りょうて》を握《にぎ》り、わたしをまっすぐ見《み》つめながら聞《き》いてきた。

「リン、俺《おれ》にはまだ可能性《かのうせい》はあるか？」

「え？」

「こんな俺《おれ》だけど……リンと結婚《けっこん》できる可能性《かのうせい》はあるか？」

わたしはちょっと緊張《きんちょう》しながら、虎鉄君《こてつくん》の手《て》をしっかりと握《にぎ》り返《かえ》して答《こた》えた。

「あ……ありますっ」

虎鉄君《こてつくん》が笑《わら》った。心《こころ》からうれしそうに。

握《にぎ》り合《あ》ったわたしたちの両手《りょうて》からまばゆい金色《きんいろ》の光《ひかり》が噴《ふ》き出《だ》した。

荒《あ》れていた風《かぜ》がみるみるおさまって、竜巻《たつまき》が消《き》え、周囲《しゅうい》が見《み》えてきた。

少《すこ》し離《はな》れたところにいた刹那君《せつなくん》がいぶかしげにわたしたちを見《み》ていた。

「……何《なに》その格好《かっこう》？」

わたしは金色《きんいろ》のウエディングドレスをまとい、虎鉄君《こてつくん》は悪魔《あくま》の黒衣《こくい》で、胸元《むなもと》に光《ひかり》のコサージュがついている。

虎鉄君《こてつくん》は、わたしの肩《かた》をぐっと抱《だ》いて笑顔《えがお》で言《い》った。

「刹那《せつな》、紹介《しょうかい》するわ。俺《おれ》の未来《みらい》の嫁《よめ》だ」

「え？」

「ただいま絶賛婚約中《ぜっさんこんやくちゅう》。まだプロポーズはオッケーされてないけど、俺的《おれてき》には、絶対《ぜったい》に結婚《けっこん》する予定《よてい》だ」

刹那君《せつなくん》が、不快《ふかい》に顔《かお》をゆがめて怒鳴《どな》り、ナイフを放《はな》った。

「笑《わら》ってんじゃねぇよ!!」

わたしは虎鉄君《こてつくん》と箒《ほうき》に乗《の》って飛《と》び、向《む》かってきたナイフをかわした。

だがその後《うし》ろから無数《むすう》の短冊《たんざく》グールが追《お》いかけてくる。短冊《たんざく》の羽《はね》にはナイフのような切《き》れ味《あじ》があり、それにふれた木々《きぎ》の葉《は》っぱがバラバラと落《お》ちていく。

追《お》いかけてくるグールは数《かず》が多《おお》い上《うえ》に、動《うご》きも速《はや》い。

わたしたちはグールを引《ひ》きつけながら飛《と》び、そして学園《がくえん》の奥《おく》、旧校舎《きゅうこうしゃ》の前《まえ》で箒《ほうき》から降《お》りた。

そこにグールたちが向《む》かってくる。

虎鉄君《こてつくん》が身構《みがま》えながらニヤリと笑《わら》った。

「さあ来《こ》い、集《あつ》まりやがれ。――クリークサイクロン！」

竜巻《たつまき》みたいな風《かぜ》がおこった。

風《かぜ》は渦《うず》を巻《ま》きながらグールたちを飲《の》みこんで、まるで掃除機《そうじき》みたいに一《いっ》カ所《しょ》に集《あつ》める。

「リン、いまだ！」

「はいっ！」

わたしは箒《ほうき》をふり上《あ》げて、集《あつ》められたグールめがけてふり下《お》ろした。

「えいっ！」

ポン！　ちょっとかわいい音《おと》がして、水風船《みずふうせん》が割《わ》れるみたいにグールたちが破裂《はれつ》した。

そして、キラキラキラ～……☆

小《ちい》さな星《ほし》みたいになって消《き》えてしまった。

「わあ、ホントだ！　箒《ほうき》でグールが消《き》えちゃった！」

虎鉄君《こてつくん》に教《おし》えてもらって、やってみたら思《おも》いのほか簡単《かんたん》にできた。

「箒《ほうき》はもともと何《なに》に使《つか》うものだ？」

「えっと……お掃除《そうじ》？」

「そう。だから箒《ほうき》でグール掃除《そうじ》ってわけ。それにグールは悪魔《あくま》の力《ちから》より、白魔女《しろまじょ》の力《ちから》に弱《よわ》いんだ」

「やったぁ～！」

うれしくて、思《おも》わず跳《と》びはねてしまった。

「なんだ、そんなにうれしいのか？」

「だって、いままでみんなに守《まも》られてばかりだったたから。これからはわたしも、虎鉄君《こてつくん》やみんなを守《まも》れるよっ」

虎鉄君《こてつくん》が楽《たの》しげに笑《わら》った。

「頼《たの》もしい嫁《よめ》だなぁ。よぉ～し、グール掃除《そうじ》、さっさとやっちまおう！」

「うん！」

戦《たたか》いって思《おも》うと怖《こわ》いけど、お掃除《そうじ》って考《かんが》えるとわたしにもできそうだ。

虎鉄君《こてつくん》が風《かぜ》でグールを集《あつ》めて、わたしが箒《ほうき》ではたく。

ポン！　キラキラキラ～……☆

ポン！　キラキラキラ〜……☆

ポン！　キラキラキラ〜……☆

なんだか、ちょっと楽《たの》しくなってきた。

刹那君《せつなくん》がいらついたように顔《かお》をしかめて、

「なんだよ……なんで笑《わら》ってんだよ？　まじめにやれよ!!」

何本《なんぼん》ものナイフを、わたしめがけて投《な》げてきた。

風《かぜ》ですべてのナイフをなぎはらって、虎鉄君《こてつくん》はギンとした目《め》ですごむ。

「俺《おれ》はまじめさ。リンとの絆《きずな》はいまの俺《おれ》のすべて……切《き》られるわけには、いかねえんだよ！」

疾風《しっぷう》のような速《はや》さで刹那君《せつなくん》との距離《きょり》をつめる。

あまりの速《はや》さに刹那君《せつなくん》の反応《はんのう》が遅《おく》れて、一瞬《いっしゅん》、動《うご》きが止《と》まる。

「ブラストファング！」

牙《きば》のような鋭《するど》い風《かぜ》で、刹那君《せつなくん》の持《も》っていたナイフも、そしてナイフを生《う》み出《だ》す爪《つめ》も根元《ねもと》からへし折《お》った。

「がっ……！」

風《かぜ》に飛《と》ばされた刹那君《せつなくん》は、地面《じめん》にたたきつけられ、衝撃《しょうげき》で猫《ねこ》の姿《すがた》になった。

虎鉄君《こてつくん》は吹《ふ》きまく風《かぜ》をまといながら、ベンガル猫《ねこ》に近《ちか》づいて見下《みお》ろした。

「もう絆《きずな》は切《き》れねえぞ。もっとも爪切《つめき》っただけだから、時間《じかん》がたてばまた生《は》えてくるだろうけどな」

猫《ねこ》の刹那君《せつなくん》が後《あと》ずさり、牙《きば》をむくようにしてうなっている。

わたしはおずおずと進《すす》み出《で》た。

「あのぉ、刹那君《せつなくん》……ちょっと言《い》いたいことがあるんだけど、いいかな？」

「……なんだよ？」

刺々《とげとげ》しい目《め》でにらんできた刹那君《せつなくん》に、わたしはそっと言《い》った。

「爪《つめ》、ちゃんと切《き》った方《ほう》がいいよ？　猫《ねこ》の爪《つめ》ってのびすぎると、肉球《にくきゅう》に食《く》いこんじゃったり、歩《ある》きにくくなったりするから。ちゃんと爪研《つめと》ぎして、お手入《てい》れしてね」

刹那君《せつなくん》はあっけにとられたようにわたしを見《み》ている。

風《かぜ》がゆるみ、虎鉄君《こてつくん》が噴《ふ》き出《だ》して笑《わら》った。

「あれ？　わたし、おかしいこと言《い》った……？」

「くくく……いやいやいや」

肩《かた》を震《ふる》わせて笑《わら》いながら、虎鉄君《こてつくん》は刹那君《せつなくん》に言《い》う。

「な、リンっておもしろいだろ？　一緒《いっしょ》にいると、ついなごんで笑《わら》っちゃうだろ？」

猫《ねこ》の刹那君《せつなくん》はふんと鼻《はな》を鳴《な》らす。

「変《へん》な魔女《まじょ》……ふつう怒《おこ》るだろ？　さんざん攻撃《こうげき》したのに、なんで怒《おこ》らないんだ？　俺《おれ》はあんたの敵《てき》だぞ」

たしかに、絆《きずな》を切《き》られて、攻撃《こうげき》されて、これだけのことをされたんだから、敵《てき》というのが正《ただ》しいのかもしれない。

でも、わたしにはそうは思《おも》えなかった。

「刹那君《せつなくん》は、虎鉄君《こてつくん》のことが大好《だいす》きなんでしょう？」

どんな絆《きずな》も簡単《かんたん》に切《き》れるのに、虎鉄君《こてつくん》との絆《きずな》は切《き》らなかった。

誰《だれ》かを好《す》きになったり、大切《たいせつ》に思《おも》ったりする気持《きも》ちが悪《わる》いこととは、どうしても思《おも》えない。

「刹那君《せつなくん》は虎鉄君《こてつくん》のお友達《ともだち》だから、敵《てき》じゃないよ」

刹那君《せつなくん》はうつむいて、しゅんと尻尾《しっぽ》を下《さ》げた。

「そんなふうに思《おも》ってんのは俺《おれ》だけだし……虎鉄《こてつ》さんは俺《おれ》のことなんか——」

「そんなことねえよ」

虎鉄君《こてつくん》がしゃがんで、猫《ねこ》の刹那君《せつなくん》に顔《かお》を寄《よ》せた。

「悪《わる》かったな、刹那《せつな》。おまえがあこがれた俺《おれ》じゃなくて。俺《おれ》は、おまえが思《おも》ってるほどかっこよくもねーし、強《つよ》くもねーんだ。俺《おれ》は……怖《こわ》かったんだ」

刹那君《せつなくん》は目《め》をしばたいた。

「怖《こわ》い……？　虎鉄《こてつ》さんが？」

「俺《おれ》は破滅《はめつ》の悪魔《あくま》で……壊《こわ》したり、傷《きず》つけたり、滅《ほろ》ぼしたりすることしかできないんじゃないかって、怖《こわ》かったんだ」

「俺《おれ》だって……切断《せつだん》しかできません」

「おまえ、出会《であ》った奴《やつ》との絆《きずな》をことごとく断《た》ち切《き》ってたよな。そんで切《き》るたびに、苦《くる》しんでただろ？」

刹那君《せつなくん》の瞳《ひとみ》が大《おお》きくゆれる。

「俺《おれ》たちは似《に》た者同士《ものどうし》なんだよ。淋《さび》しいくせに、相手《あいて》を傷《きず》つけることしかできない。あのままふたりでいたら、きっとお互《たが》いを傷《きず》つけ合《あ》う。だから……おまえから逃《に》げた」

刹那君《せつなくん》がハッとして、虎鉄君《こてつくん》を見《み》つめる。

「虎鉄《こてつ》さんがいなくなったのは……俺《おれ》を傷《きず》つけないためですか？」

虎鉄君《こてつくん》は刹那君《せつなくん》の頭《あたま》にそっと手《て》を置《お》いた。

「あんときの俺《おれ》は、自分《じぶん》でもどうしようもなく荒《あ》れてて、精神的《せいしんてき》に一番《いちばん》きつかった。そんなとき
おまえがそばにいてくれて、助《たす》かったよ。ごめんな刹那《せつな》……ひとりにして」

猫《ねこ》の刹那君《せつなくん》の目《め》がうるうると潤《うる》む。

虎鉄君《こてつくん》の膝《ひざ》に顔《かお》をうずめて、声《こえ》を震《ふる》わせながらつぶやいた。

「……ごめんなさい……絆《きずな》、切《き》っちゃって、ごめんなさい……」

虎鉄君《こてつくん》はふうと深《ふか》く息《いき》をついて、震《ふる》える猫《ねこ》の身体《からだ》を優《やさ》しくなでた。

「もういいさ。やっちまったもんはしょうがねえ」

エメラルドグリーンの瞳《ひとみ》からぼろぼろと涙《なみだ》があふれた。

そんなふたりを見《み》ていたら、胸《むね》が温《あたた》かくなってきた。

(仲直《なかなお》りできて、よかった)

虎鉄君《こてつくん》はしばらく猫《ねこ》の刹那君《せつなくん》をなでつづけ、その涙《なみだ》がおさまった頃《ころ》に立《た》ち上《あ》がった。

「俺《おれ》はこれからリンと一緒《いっしょ》に、あいつらを探《さが》す。そんで切《き》れた絆《きずな》を、もう一度《いちど》つなぐ」

刹那君《せつなくん》は目《め》をぱちくりとした。

「絆《きずな》を……つなぐ?」

わたしは刹那君《せつなくん》と、そして自分《じぶん》に言《い》い聞《き》かせるように言《い》った。

「御影君《みかげくん》や零士君《れいじくん》と、これでお別《わか》れなんて嫌《いや》だから……もう一度《いちど》つながりたいから。だからふたりを探《さが》して、出会《であ》うところからはじめようと思《おも》って」

「そんなこと……できるの？」

「できるよ。だって最初《さいしょ》は、誰《だれ》でもみんな初対面《しょたいめん》でしょ？　挨拶《あいさつ》したり、お話《はな》ししたり、一緒《いっしょ》に何《なに》かをしたりして、仲良《なかよ》くなっていくの。御影君《みかげくん》たちともまたそうなれるように、がんばるよ」

じいっと考《かんが》えこむ刹那君《せつなくん》に、虎鉄君《こてつくん》は言《い》う。

「あいつらがいないとちょっとまずいんだ。手強《てごわ》い黒魔女《くろまじょ》が、リンを狙《ねら》ってやがるから」

刹那君《せつなくん》が耳《みみ》と尻尾《しっぽ》をピンと立《た》てた。

「黒魔女《くろまじょ》？　それって、この学園《がくえん》にいる魔女《まじょ》のことですか？」

わたしと虎鉄君《こてつくん》はハッとして、顔《かお》を見合《みあ》わせた。

「そういやおまえ、魔女《まじょ》と契約《けいやく》したんだったな？」

「はい。虎鉄《こてつ》さんを見《み》つけて、でもどう声《こえ》をかけたらいいかわかんなくて……そのとき黒魔女《くろまじょ》に声《こえ》をかけられたんです。それで力《ちから》を分《わ》けてもらって……俺《おれ》とかずみを赤《あか》い糸《いと》で結《むす》んだのは黒魔女《くろまじょ》の力《ちから》です」

「黒魔女《くろまじょ》はどんな奴《やつ》だ？　名前《なまえ》はわかるか？」

「はい。名前《なまえ》は――」

瞬間《しゅんかん》、刹那君《せつなくん》の首輪《くびわ》が光《ひか》った。

ビリビリと電気《でんき》が流《なが》れるような音《おと》がして、刹那君《せつなくん》は悲鳴《ひめい》をあげて倒《たお》れた。

「刹那君《せつなくん》！」

虎鉄君《こてつくん》が刹那君《せつなくん》を助《たす》け起《お》こした。

「刹那《せつな》、大丈夫《だいじょうぶ》か？」

「う……は、はい……」

「この首輪《くびわ》、黒魔女《くろまじょ》につけられたものか？」

刹那君《せつなくん》はぐったりしながらうなずいた。

「これをつければ、人間界《にんげんかい》で魔力《まりょく》を使《つか》えるって……」

「力《ちから》を媒介《ばいかい》すると同時《どうじ》に、拘束《こうそく》されている。名前《なまえ》を言《い》えないよう、魔法《まほう》をかけられているんだ。言《い》おうとすると、この首輪《くびわ》でおまえの魔力《まりょく》を奪《うば》うしかけだ」

刹那君《せつなくん》は顔《かお》をこわばらせた。

「黒魔女《くろまじょ》の狙《ねら》いはリンだ。リンから俺《おれ》たちを引《ひ》き離《はな》すために、おまえは利用《りよう》されたんだ」

そのとき突然《とつぜん》、夜《よる》のとばりが覆《おお》いかぶさり、あたりが真《ま》っ暗《くら》になった。

6

気《き》がついたら、わたしたちは漆黒《しっこく》の闇《やみ》の中《なか》に立《た》っていた。

「虎鉄君《こてつくん》……ここは？」

「さあな。夜目《よめ》でも何《なに》も見《み》えねえ。何《なん》だ、この胸《むね》の悪《わる》くなるような闇《やみ》は……？」

猫《ねこ》が夜《よる》でも目《め》が利《き》くように、悪魔《あくま》も夜目《よめ》が利《き》く。

虎鉄君《こてつくん》でも見通《みとお》せない闇《やみ》――これはふつうの闇《やみ》じゃない。

わたしは胸《むね》に猫《ねこ》を抱《かか》え、励《はげ》ましの声《こえ》をかける。

「刹那君《せつなくん》、大丈夫《だいじょうぶ》だからね。しっかりつかまっててね」

猫《ねこ》の刹那君《せつなくん》は毛《け》を逆立《さかだ》てて驚《おどろ》き、ばたばた動《うご》いた。

「な……なに勝手《かって》に抱《だ》っこしてんだよ!?」

「だって、真《ま》っ暗《くら》で危《あぶ》ないし」

「い、いいよ！　離《はな》せよっ！」

こんなふうに抱《だ》っこされたことがないのかな？

照《て》れてじたばたするのがかわいい。

わたしはたまらずぎゅっと抱《だ》きしめて、猫《ねこ》のふわふわの毛《け》に頬《ほお》ずりをした。

「遠慮《えんりょ》しないでいいんだよ。きゃ〜、ふわふわ〜〜〜」

虎鉄君《こてつくん》が眉間《みけん》にしわを寄《よ》せながらぼそっと言《い》った。

「リン、俺《おれ》はいま猛烈《もうれつ》に猫《ねこ》になりたい」

「えっ⁉　虎鉄君《こてつくん》は、虎鉄君《こてつくん》でいてくれないと困《こま》るよ！」

そのとき、どこからかパイプオルガンの音楽《おんがく》が聞《き》こえてきた。

「このメロディーは……」

それは、結婚式《けっこんしき》で新郎新婦《しんろうしんぷ》が入場《にゅうじょう》するときに奏《かな》でられるメロディー――『結婚行進曲《けっこんこうしんきょく》』だ。

華《はな》やかで明《あか》るい曲《きょく》のはずなのに、いまは音程《おんてい》が低《ひく》くて不吉《ふきつ》な響《ひび》きをしている。

音楽《おんがく》とともに、ボッと明《あ》かりがついた。

炎《ほのお》のついたキャンドルが並《なら》び、道《みち》のようになっている。

その道《みち》を、ドレス姿《すがた》のひとりの女性《じょせい》が歩《ある》いていくのが見《み》えた。

その姿《すがた》に、わたしはぞくりとした。

花嫁《はなよめ》と言《い》えば、白《しろ》いウエディングドレス。でも現《あらわ》れた花嫁《はなよめ》は、顔《かお》に黒《くろ》いベールをかけ、黒《くろ》いウエディングドレスを着《き》ている。

（黒《くろ》い……花嫁《はなよめ》！）

黒《くろ》の花嫁《はなよめ》は黒《くろ》いブーケをもち、ゆっくりとヴァージンロードを歩《ある》く。左右《さゆう》のゲスト席《せき》には、人《ひと》の形《かたち》をした黒《くろ》いもやが無言《むごん》で座《すわ》っていて、ヴァージンロードの先《さき》にある壇上《だんじょう》では、新郎《しんろう》と神父《しんぷ》が待《ま》っている。

そこは、闇《やみ》の結婚式場《けっこんしきじょう》だった。

わたしたちがいるのは式場《しきじょう》の外《そと》だったけど、なぜか壁《かべ》も扉《とびら》も透明《とうめい》で中《なか》の様子《ようす》が見《み》られる。

花嫁《はなよめ》の黒《くろ》いドレスと合《あ》わせるように、壇上《だんじょう》で待《ま》っている新郎《しんろう》も全身黒《ぜんしんくろ》ずくめだ。

（あれ？　あの新郎《しんろう》は……）

その黒衣《こくい》には見覚《みおぼ》えがある。それが誰《だれ》なのかわかって、わたしは凍《こお》りついた。

後《うし》ろ姿《すがた》しか見《み》えない、でも間違《まちが》えるはずはない。

新郎《しんろう》は黒衣《こくい》をまとった悪魔《あくま》――御影君《みかげくん》、だった。

黒《くろ》い花嫁《はなよめ》が一歩一歩《いっぽいっぽ》ゆっくりと歩《あゆ》み寄《よ》っていき、新郎《しんろう》の隣《となり》に立《た》ち並《なら》んだ。

黒《くろ》い神父《しんぷ》が黒《くろ》い聖書《せいしょ》をもって、新郎新婦《しんろうしんぷ》に言葉《ことば》をかける。

――**今宵《こよい》、汝《なんじ》らの結婚《けっこん》の儀式《ぎしき》をとりおこなう。**

それは、学園《がくえん》で何度《なんど》も聞《き》いたことのあるあの声《こえ》だった。

地《ち》を這《は》うような不吉《ふきつ》な声《こえ》が、闇《やみ》の結婚式場《けっこんしきじょう》におごそかに響《ひび》く。

——汝《なんじ》、この悪魔《あくま》をはべらせ、常《つね》に従《したが》えてしもべとすることを、誓《ちか》うか？

黒《くろ》の花嫁《はなよめ》が答《こた》えた。

「誓《ちか》います」

ふつうの結婚式《けっこんしき》の言葉《ことば》とは違《ちが》う。

黒《くろ》い神父《しんぷ》は、今度《こんど》は御影君《みかげくん》に問《と》いかけた。

——汝《なんじ》、健《すこ》やかなるときも、病《や》めるときも、喜《よろこ》びのときも、悲《かな》しみのときも、富《と》めるときも、貧《まず》しいときも、これを愛《あい》し、これを敬《うやま》い、これをなぐさめ、これを助《たす》け、その命《いのち》あるかぎり、花嫁《はなよめ》を守《まも》りぬくことを誓《ちか》うか？

御影君《みかげくん》はある言葉《ことば》にぴくりと反応《はんのう》した。

「守《まも》る……？」

——汝《なんじ》らは運命《うんめい》で結《むす》ばれている。赤《あか》い糸《いと》で結《むす》ばれているのがその証《あかし》。

いつのまにか御影君《みかげくん》の小指《こゆび》と、黒《くろ》い花嫁《はなよめ》の小指《こゆび》が赤《あか》い糸《いと》で結《むす》ばれていた。

赤《あか》い糸《いと》は生《い》き物《もの》のように動《うご》き、御影君《みかげくん》の手足《てあし》にからみついていく。

御影君《みかげくん》は抵抗《ていこう》もせず、ぼーっと赤《あか》い糸《いと》を見《み》つめているだけだ。

――汝《なんじ》は、禁忌《きんき》の悪魔《あくま》……その赤《あか》き瞳《ひとみ》で世界《せかい》を思《おも》うがままにできる。花嫁《はなよめ》と結《むす》ばれることにより、さらなる絶大《ぜつだい》な魔力《まりょく》を生《う》み出《だ》せる。ふたりで新《あら》たな世界《せかい》を作《つく》るのだ。

「新《あら》たな世界《せかい》……」

黒《くろ》い神父《しんぷ》がふたりにうながした。

――では……誓《ちか》いの口《くち》づけを。

虎鉄君《こてつくん》が叫《さけ》んだ。

「まずいぞ！　契約《けいやく》の口《くち》づけをかわしたら、御影《みかげ》はあの女《おんな》から離《はな》れられなくなる！　零士《れいじ》がそうだったみたいに！」

全身《ぜんしん》から血《ち》の気《け》が引《ひ》いた。

誓《ちか》いのキスをかわせば、結婚《けっこん》の契約《けいやく》が成立《せいりつ》してしまう。契約《けいやく》を破棄《はき》するには、魔女《まじょ》の合意《ごうい》がなければならない。かつて零士君《れいじくん》がそうだったように――キスしたら、御影君《みかげくん》は黒《くろ》い花嫁《はなよめ》のものになってしまう。

わたしは扉《とびら》をたたきながら叫《さけ》んだ。

「御影君《みかげくん》！　御影君《みかげくん》!!」

叫《さけ》んでも、声《こえ》が届《とど》かない。

中《なか》の声《こえ》はよく聞《き》こえるのに。

「トルネードファング！」

虎鉄君《こてつくん》の風《かぜ》が激《はげ》しくぶつかっても、扉《とびら》はびくともしなかった。

黒《くろ》い花嫁《はなよめ》から赤《あか》い糸《いと》が何本《なんぼん》ものびて、御影君《みかげくん》にからみつく。

身体《からだ》に、腕《うで》に、指《ゆび》に。

御影君《みかげくん》はうつろにそれを見《み》ているだけで、抵抗《ていこう》する様子《ようす》もない。

黒《くろ》い花嫁《はなよめ》の黒《くろ》いベールが風《かぜ》もないのにふわりと浮《う》きあがり、血《ち》のように真《ま》っ赤《か》な唇《くちびる》が見《み》えた。

その唇《くちびる》が、御影君《みかげくん》の唇《くちびる》に近《ちか》づいていく。

わたしは力《ちから》いっぱいガラスをたたいて声《こえ》をはりあげた。

「御影《みかげ》く――――――んっ！」

そのとき、御影君《みかげくん》がつぶやいた。

「……違《ちが》う」

黒《くろ》い神父《しんぷ》が低《ひく》い声《こえ》をさらに低《ひく》くして問《と》う。

――**何《なに》が違《ちが》う？**

「何《なに》かが違《ちが》う……すごく大事《だいじ》なことを忘《わす》れてる気《き》がする……」

――忘《わす》れる程度《ていど》のこと……とるにたらないことだ。

「胸《むね》に熱《ねつ》が残《のこ》ってる……」

御影君《みかげくん》は、自分《じぶん》の胸元《むなもと》に爪《つめ》をたて、心臓《しんぞう》をつかむように、

「会《あ》いたい……そばにいたい……ふれたい……――誰《だれ》に？」

自問自答《じもんじとう》しながら苦《くる》しげにうなる。

黒魔女《くろまじょ》が御影君《みかげくん》に身体《からだ》を寄《よ》せ、そして甘《あま》い声《こえ》でささやいた。

「あなたが求《もと》めているのはわたし……わたしもあなたを求《もと》めている……愛《あい》しているわ……」

赤《あか》い糸《いと》がさらに御影君《みかげくん》にからみついた。

何重《なんじゅう》にも、がんじがらめに。

運命《うんめい》の赤《あか》い糸《いと》に拘束《こうそく》された御影君《みかげくん》に、黒《くろ》い花嫁《はなよめ》が唇《くちびる》を寄《よ》せていく。

「やめて――――っ！」

わたしの声《こえ》は届《とど》かない。

闇《やみ》の結婚式場《けっこんしきじょう》で、新郎新婦《しんろうしんぷ》の誓《ちか》いのキスがかわされようとしたとき。

突然《とつぜん》、赤《あか》い糸《いと》が燃《も》えあがった。

身体《からだ》から噴《ふ》き出《だ》す真紅《しんく》の炎《ほのお》で糸《いと》を焼《や》き切《き》りながら、炎《ほのお》の悪魔《あくま》が目《め》を爛々《らんらん》とさせている。

「おまえじゃない」

御影君《みかげくん》は花嫁《はなよめ》の腕《うで》をふりはらい、牙《きば》をむくようにして言《い》い放《はな》った。

「俺《おれ》が愛《あい》したのは……——おまえじゃない」

わたしは泣《な》きそうになった。

絆《きずな》の糸《いと》を切《き》られて、いま御影君《みかげくん》の記憶《きおく》の中《なか》にわたしはいないはずだ。

でもわたしと出会《であ》って御影君《みかげくん》の胸《むね》にともったという炎《ほのお》は、消《き》えていなかったんだ。

「……愛《あい》がなんだというの？」

拒絶《きょぜつ》された黒《くろ》い花嫁《はなよめ》がその場《ば》に立《た》ち尽《つ》くし、刺々《とげとげ》しい声《こえ》で反論《はんろん》する。

「愛《あい》なんて、いつか壊《こわ》れてなくなるわ」

再《ふた》び放《はな》たれた無数《むすう》の赤《あか》い糸《いと》が、御影君《みかげくん》に襲《おそ》いかかる。

その糸《いと》が空中《くうちゅう》で凍《こお》りついた。

結婚式場《けっこんしきじょう》に氷《こおり》の結晶《けっしょう》が舞《ま》い、ゲスト席《せき》に座《すわ》っている零士君《れいじくん》が、黒《くろ》い花嫁《はなよめ》を青《あお》い瞳《ひとみ》で見《み》すえながら言《い》った。

「その主張《しゅちょう》は矛盾《むじゅん》している。先《さき》ほど君《きみ》は、御影《みかげ》を愛《あい》していると言《い》った。なのに、なぜ愛《あい》を否定《ひてい》する？」

黒《くろ》い神父《しんぷ》が進《すす》み出《で》てきて諭《さと》すように言《い》う。

——力《ちから》のあるもの同士《どうし》、結《むす》ばれるのが最善《さいぜん》。結婚《けっこん》とは条件《じょうけん》によってなされるもの。

「それは違《ちが》う」

零士君《れいじくん》はきっぱりと言《い》い切《き》った。

「ただ力《ちから》を高《たか》め合《あ》うだけならば、結婚《けっこん》でなくてもいい。利害《りがい》や目的《もくてき》にそって協力《きょうりょく》し合《あ》えばいいだけのこと。だが結婚《けっこん》は違《ちが》う。お互《たが》いの未来《みらい》をしばる強《つよ》い契約《けいやく》だ。愛情《あいじょう》や信頼《しんらい》……強《つよ》い想《おも》いがあった上《うえ》でなされるべきものだ」

——この世界《せかい》において、悪魔《あくま》は魔女《まじょ》がいなければ無力《むりょく》。

「たしかに。だが悪魔《あくま》は魔女《まじょ》のしもべではない。僕《ぼく》たち悪魔《あくま》にも心《こころ》はあり、心惹《こころひ》かれる相手《あいて》に尽《つ》くしたいと願《ねが》っている。そして僕《ぼく》には、心惹《こころひ》かれた相手《あいて》が世界《せかい》のどこかにいる」

そう言《い》って、左手《ひだりて》をすっとあげた。

わたしは、あっと声《こえ》をあげた。

零士君《れいじくん》の左手《ひだりて》の薬指《くすりゆび》には、わたしと婚約《こんやく》したときに現《あらわ》れた指輪《ゆびわ》がはまっていた。

「この指輪《ゆびわ》は婚約《こんやく》の証《あかし》……僕《ぼく》は誰《だれ》かと婚約《こんやく》をしている。この僕《ぼく》が婚約者《こんやくしゃ》を忘《わす》れるなど、ありえないことだ。そのありえないことが起《お》こっている……尋常《じんじょう》ではない何《なに》かが起《お》こっているようだ」

どうして記憶《きおく》はなくなったのに、婚約《こんやく》の証《あかし》は消《き》えなかったんだろう？

不思議《ふしぎ》に思《おも》っていると、猫《ねこ》の刹那君《せつなくん》が教《おし》えてくれた。

「俺《おれ》が切断《せつだん》できるのは絆《きずな》の糸《いと》だけだ。悪魔《あくま》と魔女《まじょ》の婚約《こんやく》の契約《けいやく》は、俺《おれ》には切《き》れない」

希望《きぼう》が見《み》えた。

わたしたちの絆《きずな》は、完全《かんぜん》に断《た》ち切《き》られたわけじゃない。

（まだ、つながってる）

婚約《こんやく》という契約《けいやく》で。

零士君《れいじくん》が席《せき》を立《た》ち、結婚式《けっこんしき》に背《せ》を向《む》けて、扉《とびら》の方《ほう》へ歩《ある》き出《だ》す。

それを黒《くろ》い神父《しんぷ》が呼《よ》び止《と》めた。

──どこへ行《い》く？　式《しき》はまだ終《お》わっていない。

「茶番《ちゃばん》に付《つ》き合《あ》っている暇《ひま》はない。僕《ぼく》の婚約者《こんやくしゃ》を探《さが》しにいく。──ディスジェイド！」

零士君《れいじくん》は氷《こおり》の攻撃魔法《こうげきまほう》を扉《とびら》にぶつけた。

でも扉《とびら》はびくともしない。

それに合《あ》わせるように、扉《とびら》の外側《そとがわ》から虎鉄君《こてつくん》が風《かぜ》の魔法《まほう》をぶつけた。

「トルネードファング！」

内側《うちがわ》と外側《そとがわ》から同時《どうじ》に攻撃《こうげき》されて、頑丈《がんじょう》な扉《とびら》にようやくビシッとひびが入《はい》る。

わたしは箒《ほうき》をふりあげて、扉《とびら》に思《おも》いっきりふりおろした。

「えいっ！」

バ――――ン！　扉《とびら》が音《おと》をたてて吹《ふ》っ飛《と》んだ。

「御影君《みかげくん》！　零士君《れいじくん》！」

ふたりがこっちを見《み》た。でも、それは名前《なまえ》を呼《よ》ばれたから見《み》ただけで、わたしを思《おも》い出《だ》したわけじゃない。

わたしは踏《ふ》み出《だ》し、式場《しきじょう》へ駆《か》けこんだ。

呼《よ》んでるだけじゃダメだ、そばへ行《い》かないと。

そばに行《い》って、ちゃんと向《む》き合《あ》って、話《はな》して、手《て》をふれないと。

それをはばむように、花嫁《はなよめ》の方《ほう》から無数《むすう》の赤《あか》い糸《いと》が矢《や》のようになって飛《と》んできた。

ハッとしたときには矢《や》はもうわたしの目《め》の前《まえ》で、かわすことはできない。

無数《むすう》の矢《や》がわたしを貫《つらぬ》こうとしたとき、突然《とつぜん》、すべての矢《や》が激《はげ》しい炎《ほのお》に包《つつ》まれて、ほとんど一《いっ》瞬《しゅん》で燃《も》えつきた。

炎《ほのお》の向《む》こうに御影君《みかげくん》が見《み》えた。

なぜ炎《ほのお》を放《はな》ってわたしを助《たす》けたのか、御影君《みかげくん》自身《じしん》よくわかっていないようで戸惑《とまど》っている。

（やっぱり……やだよ）

ふたりに会《あ》って、胸《むね》の奥《おく》に押《お》しこめていた気持《きも》ちがこみあげてきた。

これまでの日々《ひび》がなかったことになってしまうなんて……絶対《ぜったい》に嫌《いや》だ。

（とり戻《もど》したい）

大切《たいせつ》な思《おも》い出《で》や、そこで育《そだ》った想《おも》いを。

（とり戻《もど》せないはずないよ）

だってとれたボタンだって、糸《いと》で縫《ぬ》い付《つ》けられる。

糸《いと》が切《き》れたって、結《むす》ぶことができる。

同《おな》じように、人《ひと》と人《ひと》をつなぐ絆《きずな》だってきっと、きっとつなげるはずだ。

（絶対《ぜったい》に、つなぐんだ！）

瞬間《しゅんかん》、スタージュエルが輝《かがや》いて、わたしの記憶《きおく》を照《て》らした。

☆☆☆

明《あか》るく暖《あたた》かな光《ひかり》の中《なか》に、お母《かあ》さんがいるのが見《み》えた。

針《はり》と糸《いと》で縫《ぬ》い物《もの》をしながら、何《なに》かを口《くち》ずさんでいる。

あ、これ……覚《おぼ》えてる。忘《わす》れていたけど思《おも》い出《だ》した。

公園《こうえん》で遊《あそ》んでいたとき、わたしの不注意《ふちゅうい》で、木《き》の枝《えだ》にお気《き》に入《い》りのスカートが引《ひ》っかかって、破《やぶ》れてしまった。

わたしは泣《な》きそうになりながらお母《かあ》さんに問《と》いかけた。

「直《なお》る……？」

お母《かあ》さんはにっこり笑《わら》って言《い》った。

「大丈夫《だいじょうぶ》よ。お母《かあ》さんは物《もの》を直《なお》すのが得意《とくい》なの。破《やぶ》れたら、縫《ぬ》い合《あ》わせればいい。切《き》れたら結《むす》べばいい。心《こころ》をこめて直《なお》しながら、こう唱《とな》えるの」

☆☆☆

わたしはお母《かあ》さんが唱《とな》えた言葉《ことば》――魔法《まほう》の呪文《じゅもん》を、唱《とな》えた。

「ソフィアランレース！」

スタージュエルから白《しろ》い光《ひかり》が放《はな》たれた。それが空中《くうちゅう》で紡《つむ》がれて、真《ま》っ白《しろ》な糸《いと》へと変化《へんか》する。

そして白《しろ》い糸《いと》はわたしと3人《にん》の悪魔《あくま》の心《こころ》をつないだ。

固《かた》く、しっかりと。

新《あたら》しい絆《きずな》の糸《いと》となって。

うなるように黒《くろ》い花嫁《はなよめ》がつぶやいた。

「紡《つむ》ぎの白魔法《しろまほう》……！」

わたしはお腹《なか》の底《そこ》から声《こえ》をはりあげて呼《よ》んだ。

「御影君《みかげくん》！　零士君《れいじくん》！」

ふたりがこっちを見《み》た。

御影君《みかげくん》が赤《あか》い瞳《ひとみ》に鮮明《せんめい》にわたしを映《うつ》して、まっすぐ走《はし》ってきた。

「リン！」

「御影君《みかげくん》！」

わたしたちはお互《たが》いに抱《だ》き合《あ》った。

胸《むね》には想《おも》いがあふれてるのにそれが言葉《ことば》にならなくて、ただぎゅっと抱《だ》き合《あ》う。

（うう、よかったぁ……よかったぁ……！）

御影君《みかげくん》のぬくもりに包《つつ》まれて、絆《きずな》がつながったんだという実感《じっかん》がわいてきた。

でも御影君《みかげくん》の腕《うで》の力《ちから》が強《つよ》すぎて、身動《みうご》きがぜんぜんできない。

（う……ちょっと息《いき》がしづらいかも……！）

ごつん！　零士君《れいじくん》が御影君《みかげくん》の頭《あたま》にげんこつをした。

「うぐっ！　何《なに》すんだ零士《れいじ》!?」

「力《ちから》の加減《かげん》をしろ。リンが苦《くる》しがっている」

御影君《みかげくん》はぱっと手《て》を離《はな》した。

「ご、ごめん」

「ううん……また会《あ》えてうれしい」

零士君《れいじくん》が申《もう》しわけなさそうに言《い》った。

「不覚《ふかく》をとってしまったようだ。……すまない」

「ううん。わたしのこと覚《おぼ》えてないのに、探《さが》そうとしてくれて……ありがとう」

零士君《れいじくん》が、ふわりとわたしを抱《だ》きしめてきた。

即座《そくざ》に御影君《みかげくん》が間《あいだ》に入《はい》って引《ひ》き離《はな》される。

「ガアアアッ！　リンに抱《だ》きつくなー！」

「自分《じぶん》は思《おも》いきりリンに抱《だ》きついておきながら、人《ひと》には抱《だ》きつくなとはどういう了見《りょうけん》だ？」

ふたりがにらみ合《あ》っていると、虎鉄君《こてつくん》がふたりの首《くび》にガッと両腕《りょううで》を回《まわ》した。

「よう、おふたりさん！」

「うがっ⁉　何《なに》すんだ虎鉄《こてつ》⁉」

「はっはっは、危《あや》うく結婚《けっこん》しちまうとこだったなぁ、御影《みかげ》クン」

「うるせー！　俺《おれ》がリン以外《いがい》と結婚《けっこん》するわけねーだろ！」

「零士《れいじ》もよ、フツーに結婚式《けっこんしき》に参列《さんれつ》してるから、何《なに》してんだこいつ？　って思《おも》ったぜ」

「状況《じょうきょう》を正確《せいかく》に把握《はあく》するまで、動《うご》かず待機《たいき》していただけだ」

「あっそう。なんか笑《わら》っちまったわー、ぷぷっ」

憎《にく》まれ口《ぐち》をたたきながら、虎鉄君《こてつくん》はすごくうれしそうだ。

「ま、感動《かんどう》の再会《さいかい》はこのへんにして――来《く》るぞ」

3人《にん》は結婚式場《けっこんしきじょう》のゲスト席《せき》に鋭《するど》い目《め》を向《む》けた。

黒《くろ》い参列者《さんれつしゃ》たちが、ゆらりゆらりとゆれながらせまってきて、一斉《いっせい》にわっと襲《おそ》いかかってきた。

「リストリヴァカーレ！」

猛烈《もうれつ》な吹雪《ふぶき》が黒《くろ》い参列者《さんれつしゃ》の群《む》れを襲《おそ》い、吹《ふ》き飛《と》ばす。

散《ち》らばった参列者《さんれつしゃ》たちは再《ふたた》び短冊《たんざく》のグールとなって、わたしたちに襲《おそ》いかかってきた。

「クリークサイクロン！」

虎鉄君《こてつくん》が風《かぜ》で吹《ふ》き集《あつ》めたそこへ、御影君《みかげくん》が炎《ほのお》を放《はな》つ。

「うなれ、炎《ほのお》！」

無数《むすう》の短冊《たんざく》グールがメラメラと燃《も》えて空中《くうちゅう》で消滅《しょうめつ》した。

力《ちから》を合《あ》わせる3人《にん》の前《まえ》では、グールはなすすべはなく、あっというまに一掃《いっそう》された。

零士君《れいじくん》は、残《のこ》ったふたり――黒《くろ》い花嫁《はなよめ》と神父《しんぷ》に目《め》を向《む》けた。

「後《あと》は、おまえたちだ」

神父《しんぷ》が天《てん》に向《む》かって両手《りょうて》をあげ、神様《かみさま》の言葉《ことば》を宣告《せんこく》するように言《い》った。

――**白魔女《しろまじょ》に災《わざわ》いあれ。**

瞬間《しゅんかん》、その手《て》から真《ま》っ黒《くろ》な光《ひかり》が放《はな》たれて、壁《かべ》も床《ゆか》も祭壇《さいだん》も、闇《やみ》の結婚式場《けっこんしきじょう》が粉々《こなごな》に砕《くだ》け散《ち》った。

7

わたしと御影君《みかげくん》たち3人《にん》、そして猫《ねこ》の刹那君《せつなくん》が、宙《ちゅう》に放《ほう》り出《だ》された。

「きゃあ！」

足場《あしば》をなくしたわたしを、御影君《みかげくん》と零士君《れいじくん》がつかんでくれた。

虎鉄君《こてつくん》が猫《ねこ》の刹那君《せつなくん》をつかまえて、零士君《れいじくん》の腕《うで》をつかむ。

「今度《こんど》は何《なに》？　ここは……？」

あたりは真《ま》っ暗《くら》で、小《ちい》さな星《ほし》がたくさんまたたいているのが見《み》える。

まるで宇宙《うちゅう》か、プラネタリウム。

無重力《むじゅうりょく》の空間《くうかん》をわたしたちは漂《ただよ》うように流《なが》されていた。

零士君《れいじくん》が驚愕《きょうがく》して叫《さけ》んだ。

「アストラル空間《くうかん》だ！」

「アストラル……？」

「異空間《いくうかん》への入口《いりぐち》だ。一刻《いっこく》も早《はや》くここから脱出《だっしゅつ》しなければ、異世界《いせかい》に流《なが》される。未来永劫《みらいえいごう》、二度《にど》と元《もと》の世界《せかい》に帰《かえ》れなくなる！」

虎鉄君《こてつくん》が歯《は》噛《が》みした。

「くっそ、全員《ぜんいん》まとめて異世界《いせかい》にポイ捨《す》てかよ！」

あたりに見《み》えるのは星《ほし》だけだった。出口《でぐち》が見《み》あたらない。どっちが上《うえ》か下《した》かもわからない。

方向感覚《ほうこうかんかく》、平衡感覚《へいこうかんかく》、すべての感覚《かんかく》が狂《くる》わされて、どこかに立《た》つこともままならない。

さらに周囲《しゅうい》の星《ほし》が隕石《いんせき》のように、ものすごい勢《いきお》いでわたしたちに向《む》かって飛《と》んできた。

御影君《みかげくん》たちが星《ほし》を炎《ほのお》で燃《も》やし、風《かぜ》で砕《くだ》き、氷《こおり》の壁《かべ》で防《ふせ》ぐ。

でも星《ほし》の数《かず》は無限《むげん》。

いくら防《ふせ》いでもきりがない。

セレナさんの星占《ほしうらな》いの言葉《ことば》が頭《あたま》によぎった。

――星々《ほしぼし》をつなぐ線《せん》が断《た》ち切《き》られる。

それがいま、現実《げんじつ》になっている。

猫《ねこ》の刹那君《せつなくん》が、虎鉄君《こてつくん》にしがみついて叫《さけ》んだ。

「もう、ダメニャ〰〰！」

わたしはぐっと奥歯《おくば》を噛《か》みしめながら言《い》い切《き》った。

「ダメじゃないよ」

黒魔女《くろまじょ》は、かずみちゃんを巻《ま》きこんだり、虎鉄君《こてつくん》を思《おも》う刹那君《せつなくん》の気持《きも》ちを利用《りよう》したり、なにより御影君《みかげくん》の禁忌《きんき》の力《ちから》欲《ほ》しさに、無理矢理《むりやり》キスして結婚《けっこん》しようとした。

なんだろうと、このままでは終《お》われないよ！

わたしはスタージュエルを握《にぎ》りしめて、もう一度《いちど》、白魔法《しろまほう》の呪文《じゅもん》を唱《とな》えた。

「ソフィアランレース！」

胸元《むなもと》でスタージュエルが輝《かがや》き、光《ひかり》の糸《いと》が花火《はなび》のように周囲《しゅうい》いっぱいに飛《と》んだ。

光《ひかり》の糸《いと》は勢《いきお》いよく突《つ》き進《すす》み、バラバラになっていた星々《ほしぼし》をつなぎとめていく。

さっき絆《きずな》をつないだ魔法《まほう》。

それよりも、もっともっと強力《きょうりょく》な魔法《まほう》だった。

猫《ねこ》の刹那君《せつなくん》が感嘆《かんたん》したように言《い》った。

「すごいニャァ……！」

わたしはにっこり笑《わら》った。

「御影君《みかげくん》たちが一緒《いっしょ》だからだよ」

いまわたしは3人《にん》の悪魔《あくま》とふれ合《あ》っている。

だから魔力《まりょく》は通常《つうじょう》の3倍《ばい》、9倍《ばい》、それ以上《いじょう》に高《たか》まって、周囲《しゅうい》の星々《ほしぼし》をつなぎとめた。

「零士《れいじ》、ここから脱出《だっしゅつ》する方法《ほうほう》は？」

虎鉄君《こてつくん》の問《と》いかけに、零士君《れいじくん》がはりつめた口調《くちょう》で答《こた》える。

「アストラル空間《くうかん》には、出口《でぐち》はないと言《い》われている」

「出《で》られるよ」

わたしは断言《だんげん》した。根拠《こんきょ》はないけど、単純《たんじゅん》に思《おも》った。

「だって入《はい》れたんだから。入口《いりぐち》はあるんだから――」

出《で》られるか、出《で》られないか、選択肢《せんたくし》がふたつあるとしたら。

出《で》られずに異世界《いせかい》へ流《なが》されてしまう――そんな選択肢《せんたくし》は、わたしの中《なか》にはない。

だから――

「出口《でぐち》は、ある！」

胸元《むなもと》でスタージュエルが輝《かがや》き、アストラル空間《くうかん》を照《て》らした――その瞬間《しゅんかん》。

バン！　宙《ちゅう》に扉《とびら》が現《あらわ》れて、勢《いきお》いよく両側《りょうがわ》に開《ひら》いた。

「ほら、ね？」

みんなが出口《でぐち》を見《み》て、そして驚《おどろ》いた顔《かお》でわたしを見《み》る。

虎鉄君《こてつくん》がはっと笑《わら》いながら褒《ほ》めてくれた。

「リン、マジですっげーな！」

零士君《れいじくん》は驚《おどろ》きを通《とお》り越《こ》して、あきれたようにつぶやく。

「相手《あいて》の魔力《まりょく》をくつがえすほどの強《つよ》い意志《いし》が、出口《でぐち》をこじ開《あ》けたんだ。リン、君《きみ》には本当《ほんとう》に驚《おどろ》かされる」

そのとき、開《ひら》いた扉《とびら》の向《む》こうに人影《ひとかげ》が見《み》えた。黒《くろ》い花嫁《はなよめ》だ。

黒《くろ》いウエディングドレスが変化《へんか》して黒《くろ》いローブになり、黒魔女《くろまじょ》の姿《すがた》になった。

「……ガレイドロック……」

黒魔女《くろまじょ》が呪文《じゅもん》を唱《とな》えると、扉《とびら》が閉《と》じはじめた。

「『させるか！』」

御影君《みかげくん》と虎鉄君《こてつくん》が同時《どうじ》に叫《さけ》び、

「うなれ、炎《ほのお》よ！」

「ハイトルネード！」

炎《ほのお》と風《かぜ》を放《はな》った。

炎《ほのお》の弾《たま》が風《かぜ》にのって勢《いきお》いよく突《つ》き進《すす》み、扉《とびら》を粉々《こなごな》に破壊《はかい》して、そして黒魔女《くろまじょ》に命中《めいちゅう》した。その黒《くろ》い衣装《いしょう》が炎《ほのお》に包《つつ》まれた。


瞬間《しゅんかん》、わたしたちは現実《げんじつ》の世界《せかい》に戻《もど》った。

カーペットの上《うえ》に黒《くろ》い衣装《いしょう》の燃《も》えかすが落《お》ちていて、机《つくえ》の上《うえ》にある天球儀《てんきゅうぎ》がひび割《わ》れている。

星《ほし》や星座《せいざ》が描《えが》かれたこの天球儀《てんきゅうぎ》、そしてこの場所《ばしょ》にも見覚《みおぼ》えがあった。

窓《まど》から傾《かたむ》いた太陽《たいよう》が見《み》える。

赤《あか》い夕日《ゆうひ》がさしこんでくる窓辺《まどべ》に、黒魔女《くろまじょ》が立《た》っていた。正体《しょうたい》を覆《おお》い隠《かく》していた黒《くろ》の衣装《いしょう》は燃《も》えつきて、学園《がくえん》の制服姿《せいふくすがた》でたたずんでいる。

あらわになったその顔《かお》を見《み》つめながら、わたしは彼女《かのじょ》の名前《なまえ》をつぶやいた。

「……綺羅《きら》さん……」

ここは生徒会長室《せいとかいちょうしつ》、神無月綺羅《かんなづききら》さんの部屋《へや》だった。

いま目《め》の前《まえ》にいることがたしかな証拠《しょうこ》なのに、この事実《じじつ》を信《しん》じたくなくて問《と》いかけた。

「あなたが……黒魔女《くろまじょ》、なんですか？」

綺羅《きら》さんは否定《ひてい》することも隠《かく》すこともせず、平然《へいぜん》と言《い》った。

「ええ、そうよ」

雑誌《ざっし》に載《の》っているモデルのような美《うつく》しい微笑《ほほえ》みだった。

黒魔女《くろまじょ》の居場所《いばしょ》をつきとめて、正体《しょうたい》をあばき、追《お》いつめたはずなのに。

なぜかこっちが追《お》いつめられたような、そんな息苦《いきぐる》しさを感《かん》じる。

「グールを生《う》み出《だ》したのも……あなたですか？」

「ええ」

「蘭《らん》ちゃんに呪《のろ》いの魔法《まほう》をかけたのも……？」

「ええ。その野良猫《のらねこ》をそそのかしてけしかけたのも、このわたくしよ」

猫《ねこ》の刹那君《せつなくん》がフー！　と怒《おこ》った。

「よくもだましたニャ〜！」

猫《ねこ》の姿《すがた》で魔力《まりょく》は使《つか》えないのに、よほど腹《はら》を立《た》てたのか、綺羅《きら》さんに飛《と》びかかろうとする。

綺羅《きら》さんは赤《あか》い糸《いと》を放《はな》ち、まるで操《あやつ》り人形《にんぎょう》を動《うご》かすように糸《いと》で猫《ねこ》の動《うご》きを操《あやつ》った。

「ニャ〜⁉」

放《ほう》り投《な》げられた刹那君《せつなくん》を、虎鉄君《こてつくん》がキャッチする。

「野良猫《のらねこ》の分際《ぶんざい》で何《なに》を言《い》っているのかしら。このわたしの力《ちから》を貸《か》してあげたのよ。ありがたく思《おも》いなさい」

せせら笑《わら》う綺羅《きら》さんに、わたしは手《て》を握《にぎ》りしめながら問《と》いかけた。

「赤《あか》い糸《いと》でかずみちゃんや学園《がくえん》のみんなを結《むす》んだのも、綺羅《きら》さんですね？」

「ええ、そうよ」

綺羅《きら》さんは手品《てじな》みたいに数本《すうほん》の赤《あか》い糸《いと》をふわっと出《だ》して、空中《くうちゅう》に泳《およ》がせた。糸《いと》の一本一本《いっぽんいっぽん》がまるで生《い》きているみたいに動《うご》いている。

「こんな糸一本《いといっぽん》でつながれているだけで、運命《うんめい》の相手《あいて》だと思《おも》いこんでお付《つ》き合《あ》いをするなんて、みんな愚《おろ》かしくて笑《わら》っちゃうわ。この赤《あか》い糸《いと》は、真《ま》っ赤《か》な偽物《にせもの》。赤《あか》い糸《いと》だけにね」

おかしそうにくすくすと笑《わら》って、赤《あか》い糸《いと》を投《な》げ捨《す》てた。

「どうして……そんなことを？」

「人《ひと》はみんな、わたくしの糸《いと》で吊《つ》られて踊《おど》るマリオネット……たんなる余興《よきょう》よ」

零士君《れいじくん》が鋭《するど》い表情《ひょうじょう》でにらみすえる。

「傲慢《ごうまん》だな。すべての者《もの》がおまえの操《あやつ》り人形《にんぎょう》になると思《おも》っているのか？」

「ええ。わたくしの魔力《まりょく》なら可能《かのう》よ。でも――」

綺羅《きら》さんはわたしを見《み》すえて、

「天ケ瀬《あまがせ》リンさん、あなたは赤《あか》い糸《いと》をほどいた……わたくしの糸《いと》で操《あやつ》れなかった。すべてにおいて、そう。いらつくのよ、そういう存在《そんざい》がいると」

その怒《いか》りに満《み》ちたまなざしに、わたしはぶるっと身震《みぶる》いした。

震《ふる》えをこらえるために手《て》をぎゅっと握《にぎ》りしめ、声《こえ》をうわずらせながら頼《たの》んだ。

「お願《ねが》いします。蘭《らん》ちゃんにかけた魔法《まほう》をといてください」

「嫌《いや》だと言《い》ったら？」

御影君《みかげくん》が叫《さけ》んだ。

「おまえを、ぶったおす！」

3人《にん》の悪魔《あくま》が魔力《まりょく》をみなぎらせて攻撃態勢《こうげきたいせい》をとる。

でも綺羅《きら》さんはまったくひるむ様子《ようす》もなく、笑《わら》いながら言《い》った。

「あなたたちにできるかしら？　時計塔《とけいとう》の幽霊《ゆうれい》にかけた呪《のろ》いの黒魔法《くろまほう》は、わたくしにしかとけないわ。わたくしを倒《たお》せば、あの幽霊《ゆうれい》はずっと呪《のろ》いにかかったままになる……それでもいいなら、やりなさい」

御影君《みかげくん》が炎《ほのお》をたぎらせながら叫《さけ》ぶ。

「おまえを消《け》せば、リンを守《まも》れる――!!」

炎《ほのお》を放《はな》とうとしたその腕《うで》に、わたしはしがみついた。

「御影君《みかげくん》、やめて！」

「リン、でも……！」

「ダメ！　やめて……お願《ねが》いっ!!」

御影君《みかげくん》は歯《は》ぎしりしながら、炎《ほのお》を消《け》した。

「あっはははは……っ！」

綺羅《きら》さんは声《こえ》をあげて笑《わら》い、そして不快《ふかい》そうに顔《かお》をゆがめた。

「あなたのそういうところ、ホント虫酸《むしず》が走《はし》るわ。――ディスジェイド！」

悪意《あくい》の塊《かたまり》のような真《ま》っ黒《くろ》な衝撃波《しょうげきは》が飛《と》んできた。

炎《ほのお》、風《かぜ》、氷《こおり》、3つの力《ちから》が壁《かべ》になってそれを防《ふせ》ぐ。

でもすさまじい衝撃《しょうげき》は生徒会長室《せいとかいちょうしつ》の窓《まど》や壁《かべ》を破壊《はかい》し、防御《ぼうぎょ》の壁《かべ》ごとわたしたちを外《そと》へ押《お》し出《だ》した。

虎鉄君《こてつくん》たちは身軽《みがる》に空中《くうちゅう》で回転《かいてん》し、わたしは御影君《みかげくん》に抱《かか》えられて地面《じめん》に着地《ちゃくち》する。

2階《かい》の生徒会長室《せいとかいちょうしつ》から、黒魔女綺羅《くろまじょきら》はわたしを見下《みお》ろして宣戦布告《せんせんふこく》をした。

「白魔女《しろまじょ》リン、わたくしはこれからもグールを生《う》み出《だ》し、あらゆる黒魔法《くろまほう》を使《つか》って、あなたを襲《おそ》う。嫌《いや》なら、わたくしの世界《せかい》から消《き》えなさい」

「綺羅《きら》さんの世界《せかい》……？」

「この学園《がくえん》、この町《まち》、そしてわたくしが仕事《しごと》やプライベートで行《い》く場所《ばしょ》、わたくしの行動範囲《こうどうはんい》すべてから、出《で》て行《い》きなさい。二度《にど》と、わたくしの前《まえ》に現《あらわ》れないで」

「そんな……どうして？」

「目障《めざわ》りだからに決《き》まってるじゃない。——アヴェダガーラ！」

綺羅《きら》さんの回復魔法《かいふくまほう》で、壊《こわ》れた壁《かべ》や窓《まど》がDVD《ディーブイディー》の巻《ま》き戻《もど》しみたいに組《く》み合《あ》わさっていき、何事《なにごと》もなかったかのように元《もと》に戻《もど》った。

「リン、大丈夫《だいじょうぶ》か？」

零士君《れいじくん》が心配《しんぱい》して声《こえ》をかけてくれたけど、わたしは青《あお》ざめて声《こえ》が出《で》なかった。

大嫌《だいきら》い、消《き》えて、目障《めざわ》り。

こんなにもはっきりと強《つよ》く、面《めん》と向《む》かって憎《にく》しみの言葉《ことば》をぶつけられたのは初《はじ》めてで。

足《あし》がすくんで、わたしはその場《ば》に立《た》ちつくした。

8

太陽《たいよう》が傾《かたむ》き、あたりは薄暗《うすぐら》くなってきている。もう夕方《ゆうがた》だ。

生徒会長室《せいとかいちょうしつ》を離《はな》れ、とぼとぼ歩《ある》いていると、校内放送《こうないほうそう》が流《なが》れた。

《これより『七夕送《たなばたおく》り』を行《おこな》います。すべての笹飾《ささかざ》りを校庭《こうてい》に集《あつ》めてください》

『七夕送《たなばたおく》り』というのは、使《つか》い終《お》わった笹飾《ささかざ》りを焚《た》きあげる——つまり燃《も》やすこと。

昔《むかし》は、海《うみ》や川《かわ》に流《なが》していたらしい。海《うみ》や川《かわ》は天《あま》の川《がわ》につづいていると信《しん》じられ、そこにいる神《かみ》様《さま》に願《ねが》いを届《とど》けるという意味《いみ》がある。

鳴星学園《めいせいがくえん》では笹飾《ささかざ》りを燃《も》やして、願《ねが》いを煙《けむり》にのせて神様《かみさま》に届《とど》けるという。

七夕送《たなばたおく》り——それはスター・フェスティバルの終《お》わりを意味《いみ》していた。

猫《ねこ》の刹那君《せつなくん》が、御影君《みかげくん》、虎鉄君《こてつくん》、零士君《れいじくん》、3人《にん》がそろっているのを見《み》て、つぶやいた。

「……絆《きずな》って、本当《ほんとう》につなげられるんだ……」

そして胸《むね》に秘《ひ》めていた思《おも》いを明《あ》かした。

「俺《おれ》、ずっと後悔《こうかい》してたことがあって……昔《むかし》、俺《おれ》を育《そだ》ててかわいがってくれた人《ひと》が魔界《まかい》にいて。ちょっとしたことで喧嘩《けんか》して、その人《ひと》との縁《えん》を切《き》ってしまって……でもできるなら、もう一度《いちど》、つながりたい……」

刹那君《せつなくん》はキッと顔《かお》をあげて、虎鉄君《こてつくん》に言《い》った。

「俺《おれ》、魔界《まかい》に帰《かえ》ります。つなげるために、帰《かえ》ります」

そっか、と虎鉄君《こてつくん》は言《い》って、

「気《き》が向《む》いたら、また遊《あそ》びに来《こ》いよ。俺《おれ》はここに——リンのそばにいるから」

刹那君《せつなくん》の頭《あたま》をぽんとたたいてニッと笑《わら》いかける。

刹那君《せつなくん》はぱあっと笑顔《えがお》を輝《かがや》かせて、うれしそうにうなずいた。

「はい！」

わたしはしゃがんで猫《ねこ》の手《て》を両手《りょうて》でぎゅっと握《にぎ》り、そして力《ちから》をそそぎこんだ。

悪魔《あくま》の力《ちから》は、魔女《まじょ》との魔力《まりょく》の交流《こうりゅう》で高《たか》まる。

悪魔《あくま》の姿《すがた》に戻《もど》った刹那君《せつなくん》に、わたしはエールを贈《おく》った。

「仲直《なかなお》り、がんばってね」

刹那君《せつなくん》が顔《かお》を寄《よ》せてきて、わたしの頬《ほお》に軽《かる》くキスをした。

「サンキュー、白魔女《しろまじょ》リンちゃん」

御影君《みかげくん》たち3人《にん》が牙《きば》をむいて怒鳴《どな》った。

「あ――――っ!?　てめぇ、何《なに》しやがる!?」

「刹那《せつな》、おまえ、どさくさにまぎれて、うらやましいことを！」

「図々《ずうずう》しいにもほどがある！」

炎《ほのお》、風《かぜ》、氷《こおり》の魔力《まりょく》が投《な》げつけられる。

それを刹那君《せつなくん》はひょいひょいとかわして、

「へへっ、じゃ、まったね～！」

笑顔《えがお》に決意《けつい》を秘《ひ》めて、軽《かろ》やかに走《はし》り去《さ》っていった。

わたしたちが笹飾《ささかざ》りのところへ戻《もど》ると、他《ほか》の笹《ささ》はすべて校庭《こうてい》へ運《はこ》ばれてしまっていて、星占《ほしうらな》い部《ぶ》の笹《ささ》だけがぽつんととり残《のこ》されている。

その根元《ねもと》で、人形《にんぎょう》の蘭《らん》ちゃんが待《ま》っていた。

「来《き》た来《き》た！　も〜、どこ行《い》ってたの？　グールが出《で》たでしょ？　大丈夫《だいじょうぶ》だった？」

「……うん」

わたしはなんとか微笑《ほほえ》みながら、言葉《ことば》を濁《にご》した。

起《お》こった出来事《できごと》を、どう話《はな》したらいいか……頭《あたま》の整理《せいり》がつかない。

そんなわたしをじっと見《み》て、蘭《らん》ちゃんはそう、と言《い》った。たぶん、蘭《らん》ちゃんのことだから何《なに》か察《さっ》したんだろうけど、問《と》いかけてはこなかった。

「リン、わたし、願《ねが》い事《ごと》を決《き》めたわ」

「え？」

「自分《じぶん》のことは、やっぱり何《なに》を願《ねが》っていいかわからなくて。だから、友達《ともだち》のことを願《ねが》うことにしたの。――これ」

蘭《らん》ちゃんが願《ねが》い事《ごと》を記《しる》した星《ほし》の短冊《たんざく》を見《み》せてくれた。

☆リンの願《ねが》い事《ごと》が叶《かな》いますように　蘭《らん》

胸《むね》の奥《おく》から思《おも》いがこみあげてきて、こらえきれずに涙《なみだ》がこぼれた。

蘭《らん》ちゃんが驚《おどろ》いて目《め》を丸《まる》くする。

「えっ、ちょっと、リン……どうしたの？」

わたしは涙《なみだ》をぬぐいながら笑《わら》った。

「わたし……鳴星学園《めいせいがくえん》に入学《にゅうがく》して良《よ》かった。だってここに来《こ》なきゃ、蘭《らん》ちゃんと会《あ》えなかったもん」

地縛霊《じばくれい》の蘭《らん》ちゃんは学園《がくえん》から離《はな》れられない。

わたしが学園《がくえん》を出《で》て、綺羅《きら》さんに会《あ》わないよう息《いき》をひそめながら生《い》きていけば、争《あらそ》わずにすむかとも思《おも》ったけど……それでは、なんの解決《かいけつ》にもならない。

わたしは御影君《みかげくん》たち3人《にん》に決意《けつい》を告《つ》げた。

「わたし、この学園《がくえん》に残《のこ》る。そしていままでどおり、ここで星占《ほしうらな》い部《ぶ》をつづけるね」

それは、黒魔女《くろまじょ》に立《た》ち向《む》かうことを意味《いみ》する。

虎鉄君《こてつくん》がうれしそうに、気合《きあ》いに満《み》ちた顔《かお》で笑《わら》う。

「そうこなくっちゃ。やられっぱなしじゃ、おさまんねえもんな」

零士君《れいじくん》は力強《ちからづよ》くうなずいて、

「リン、君《きみ》の決意《けつい》を僕《ぼく》は心《こころ》から歓迎《かんげい》する。敬意《けいい》を表《ひょう》して」

御影君《みかげくん》は瞳《ひとみ》に闘志《とうし》を燃《も》やしながら言《い》ってくれた。

「あいつがあいつの世界《せかい》を守《まも》るっていうなら、俺《おれ》はリンの世界《せかい》を守《まも》る。俺《おれ》は——俺《おれ》たちは、全力《ぜんりょく》でリンを守《まも》る」

頼《たの》もしい3人《にん》に、わたしは心《こころ》からお礼《れい》を言《い》った。

「ありがとう」

蘭《らん》ちゃんがきょとんとして、

「ねえ、いったい何《なん》の話《はなし》をしてるの？」

「わたしの短冊《たんざく》に書《か》くことが、決《き》まったって話《はなし》だよ」

そして星《ほし》の短冊《たんざく》にこう書《か》いた。

☆蘭《らん》ちゃんにかけられた呪《のろ》いをとく！　リン

蘭《らん》ちゃんが目《め》をぱちくりとさせた。

「これが……リンの願《ねが》い事《ごと》？」

「願《ねが》いっていうより目標《もくひょう》――ううん、決意表明《けついひょうめい》、かな。これがいま、わたしが一番《いちばん》やりとげたいことだから」

蘭《らん》ちゃんは目《め》を潤《うる》ませて、少《すこ》し声《こえ》を震《ふる》わせながら言《い》った。

「……ありがと」

わたしは蘭《らん》ちゃんと笑《わら》い合《あ》い、そして一緒《いっしょ》に、笹《ささ》に短冊《たんざく》を結《むす》びつけた。

校庭《こうてい》に集《あつ》められた笹飾《ささかざ》りに火《ひ》がつけられた。たくさんの飾《かざ》りや短冊《たんざく》が燃《も》えはじめ、わたしと蘭《らん》ちゃんの短冊《たんざく》も炎《ほのお》の中《なか》に消《き》えて、煙《けむり》となって星空《ほしぞら》に吸《す》いこまれていく。

大勢《おおぜい》の人《ひと》たちがそれを眺《なが》め、その中《なか》をかずみちゃんが駆《か》け回《まわ》って元気《げんき》に彼氏募集《かれしぼしゅう》している。

これからもかずみちゃんは彼氏《かれし》をゲットするためにがんばっていくに違《ちが》いない。

願《ねが》いを叶《かな》えるために。

(わたしもがんばらないと)

呪《のろ》いをとくにはどうすればいいのか、いまはまだわからない――でも。

願《ねが》いが天《てん》に届《とど》いても、届《とど》かなくても。

(絶対《ぜったい》に呪《のろ》いをとこう)

わたしは夜空《よぞら》を仰《あお》ぎながら、またたく星々《ほしぼし》に固《かた》く誓《ちか》った。

【おわり】

猫《ねこ》のつぶやき

虎鉄《こてつ》「いやぁ、今回《こんかい》のリンは最高《さいこう》だったニャー」
御影《みかげ》「リンはいつも最高《さいこう》ニャ!」
零士《れいじ》「うむ。異論《いろん》はニャイ」
刹那《せつな》「虎鉄《こてつ》さ～ん♥」(と走《はし》ってきて抱《だ》きつく)
虎鉄《こてつ》「よう、刹那《せつな》」
御影《みかげ》「なっ……おまえ、何《なに》しに来《き》やがった!?」
刹那《せつな》「虎鉄《こてつ》さんにまた遊《あそ》びに来《こ》いって言《い》われたニャ」
御影《みかげ》「早《はや》すぎだろっ! っつーか、どさくさにまぎれて、
リンのホッペにチューしやがって!」
零士《れいじ》「その件《けん》については、僕《ぼく》も婚約者《こんやくしゃ》として
問《と》いただしたいと思《おも》っていたところだ」
虎鉄《こてつ》「だな。オイ刹那《せつな》、なんでリンにチューしたんだ?」
刹那《せつな》「かわいいなーって思《おも》ったからですけど」
御影《みかげ》「そんな理由《りゆう》でチューしたのかよ!?」
刹那《せつな》「え? かわいいって思《おも》ったら、
チューしたくニャらないんですか?」

御影《みかげ》「え?……いや、ニャるけど!」
虎鉄《こてつ》「……ニャるな」
零士《れいじ》「……たしかに、ニャる」
刹那《せつな》「でしょう?」
御影《みかげ》「でしょう、じゃねえよ!
かわいいと思《おも》うたびにチューしてたら、
俺《おれ》なんか毎日《まいにち》リンにチューしなきゃニャらないぞ!」
虎鉄《こてつ》「俺《おれ》は毎日《まいにち》5回《かい》はチューすることにニャるな」
零士《れいじ》「僕《ぼく》は10回《かい》ほど……」
御影《みかげ》「ニャンだと!?」
三人《さんにん》(にらみ合《あ》って)「グルルルル……フギャー!」
刹那《せつな》「白魔女《しろまじょ》の婚約者《こんやくしゃ》って、楽《たの》しそうニャア」

(おしまい)

Shogakukan Junior Bunko

★小学館ジュニア文庫★

白魔女リンと3悪魔 スター・フェスティバル

2016年 6 月27日　初版第 1 刷発行

著者／成田良美
イラスト／八神千歳

発行人／立川義剛
編集人／吉田憲生
編集／山口久美子

発行所／株式会社　小学館
〒101-8001　東京都千代田区一ツ橋2－3－1
電話　編集　03-3230-5105
販売　03-5281-3555

印刷・製本／中央精版印刷株式会社

デザイン／佐藤千恵＋ベイブリッジ・スタジオ

Printed in Japan　ISBN 978-4-09-230874-9